LES CONTES

NICHOLAÏ FAZER

<u>Les Contes de l'effroi</u>

La tasse à souvenir..Page 3
Pour le pire et le meilleur...mais surtout le pire..............................Page 8
La voix des autres..Page 18
Une ombre sur la ville..Page 28
Réveil toi et vol..Page 39

Avril 2017

La Tasse à souvenir

Appartement 66, sixième étage, un réveil retentit dans la chambre de Laura-Sue. Une main chercha dans l'obscurité absolue l'objet du diable qui faisait ce boucan d'enfer en jurant de le lui faire payer très chère.
Sa première victime fut la boîte de somnifère qui servait de rempart avec un verre qui se cachait derrière. La boîte,mal fermée la veille s'ouvrit au contact du sol et les petites gélules bleues se répandirent un peu partout au pied de la table de nuit. Le verre suivit, la fureur de la main le renversa avec le peu d'eau qu'il contenait et roula jusqu'au bord de la table pour finalement subir le même sort que la défunte boîte de somnifères.
Après ces deux échecs, Laura-Sue ouvrit un œil pour essayer d'apercevoir la lueur du radio-réveil afin d'aider sa main à l'atteindre.
La rencontre fût assez violente et le tintamarre s'arrêta aussi sec que le coup que l'appareil reçu. Le silence plana un instant dans la chambre avant d'être interrompu par un râle de désespoir.
-Putain j'ai pas envie...!
Une vive lueur écarta la noirceur des ténèbres,la main vengeresse avait allumé la lampe de chevet.
Laura-Sue s'extirpa difficilement de son lit et écrasa les médicaments récemment tombés au sol et sortit de la pièce en direction de la cuisine se préparer un café. Une sale odeur régnait dans le salon car la cuisine était ouverte et seul un comptoir faisait la séparation. L'émanation de poubelle trop pleine mélangée à celle de la vaisselle qui s'entassait dans l'évier lui donna des hauts de cœur car toutes ces émanations réunies, plus l'alcool que son corps n'avait pas encore évacué lui laissa un arrière-goût de gerbe dans la gorge. Elle mit la cafetière en route qui fit encore plus de bruit que le radio-réveil. Pendant que l'appareil s'époumonait a essayer de cracher quelques gouttes d'eau, Laura-Sue alla prendre une douche en espérant que cela la réveillerait un peu. Le sol de la salle de bain était jonché de vêtements, sale ou propre, nul n'aurait su le dire sans devoir se pencher. Elle tira le rideau de douche et ouvrit le mitigeur et essaya tant bien que mal de trouver la bonne température tout en se déshabillant. Son pyjama alla rejoindre le tas d'immondice déjà présent. Dix minutes plus tard, Laura-Sue sortit de la salle de bain, habillé avec des fringues qu'elle avait ramassées au sol et retourna dans la cuisine où le café avait terminé de passer à travers le filtre. Elle ouvrit une porte de placard dont on ne pouvait plus que deviner la couleur et en extirpa une tasse customisée qu'elle posa à côté de la cafetière.

Laura-Sue saisie la cafetière d'une main tout en tenant la tasse de l'autre et versa le breuvage noir et fumant à l'intérieur. Elle s'assit sur un tabouret derrière elle et s'installa sur le comptoir avec sa tasse.
Ce matin là, sans explication, ou peu-être si, à cause de tout l'alcool qu'elle avait ingurgité la veille, elle se replongea dans le passé comme un coup de nostalgie en regardant la tasse.
Ce contenant était spécial. De couleur noire, le bord de la tasse était d'un rouge vif, elle arborait une photo en noir et blanc représentant une femme d'une cinquantaine d'années aux cheveux longs. Les traits un peu tirés par les années, elle paraissait ne pas faire son âge. Une petite phrase écrite dans une fine écriture du temps jadis était située en dessous de la photo :
" *Je veillerais toujours sur toi* "
Laura-Sue se remémora le jour où elle avait reçu cette tasse. C'était son jour de congé, elle flânait dans son pyjama en pilou-pilou, un bon tue l'amour mais elle s'en fichait car elle préférait être seule plutôt que de se récupérer un détraqué ou un dépressif qui ne faisait pas son deuil de sa rupture avec son ex. Les hommes étaient pour elle comme des kleenex, elle prenait, utilisait et les jetait après utilisation.
Le facteur était monté ce jour-là, et d'autres jours par la suite mais pas pour du courrier, pour lui livrer en main propre un petit colis et dû signer un récépissé en échange. Au moment d'ouvrir le colis,Laura-Sue reçut un appel d'un numéro qu'elle ne connaissait pas.

-Mlle Laura-Sue Lopez?

-Euh...oui elle-même, vous êtes?

-Je suis le docteur Morrisson de l'hôpital Hudson au Texas.

Un blanc s'ensuivit après la présentation de son interlocuteur.

-Oui! Que voulez-vous?

-Vous êtes bien la fille de Mélanie Lopez?

Un léger malaise s'empara de Laura-Sue en entendant le nom de sa mère. Cela faisait plusieurs mois qu'elles ne s'étaient pas parler et leur dernière communication, c'était terminé par une prise de tête et des engueulades des deux parties.
Sa mère lui reprochait son mode de vie de débauche et la comparait constamment à son frère qui lui, avait réussi dans la vie en devenant directeur d'une grande banque.

-Oui c'est bien moi.

-Je suis désolé de vous déranger mais je n'arrive pas à joindre votre frère...

-Et?

Laura-Sue commençait à déballer son petit colis en même temps qu'elle conversait avec le toubib.

-J'ai le malheur de vous annoncer le décès de votre mère ce matin dans notre établissement.

Elle venait de finir d'ouvrir le colis et découvrit la tasse avec la photo de sa mère dessus au même moment que le toubib lui annonçait la terrible nouvelle.

-Mlle Lopez? Vous êtes toujours là?

Laura-Sue s'asseya sur un des tabourets près du comptoir de la cuisine et y déposa la tasse.

-Oui...oui je suis toujours là. Répondit elle la voix tremblante.

Les larmes commençaient à lui brouiller la vue, sa gorge se nouer et sa main qui tenait le téléphone trembler.

Malgré les nombreuses disputes qu'elle avait pu avoir avec sa mère,l'annonce de sa mort lui fit un choc.

-Excusez-moi de vous importuner dans ce terrible moment mais, saviez-vous si votre mère était donneuse d'organes ou pas?

La question du Doc surpris Laura-Sue qui ne savait pas trop quoi répondre.

-aucune idée, mais... oui allez-y prenez tout ce que vous voulez, elle servira à quelque chose pour une fois!

Un blanc s'ensuivit au bout de la ligne avant que le docteur ne reprenne la conversation.

-Très bien, sachez que votre geste sauvera d'autres vie.

-Ouais ouais bla bla bla...faites votre boulot et envoyez-moi les formulaires à signer je vous les renverrais par mail !

Elle donna son adresse au docteur et raccrocha.Laura-Sue resta un moment le regard dans le vide devant la tasse qui venait d'arriver.

L'emballage fini à la poubelle et la tasse alla rejoindre les nombreux autres mugs déjà présents dans le placard.

Une fois son café fini, la jeune femme revint dans le présent et se prépara pour sortir faire quelques courses, la tasse resta sur le comptoir.

Laura-Sue rentra que tard le soir, en faisant ses courses elle était tombé sur une copine et avait passé la journée ensemble. Elles c'étaient justes enfilées un casse-dalle avant d'aller boire un verre dans un Pub irlandais situé à quelques blocs de chez elle mais elle avait bu plus qu'un verre. Dès que leurs verres étaient sur le point de se vider, l'une après l'autre repassèrent une commande et la soirée passa de nouveau sous un flux d'alcool pour Laura-Sue.

Vers deux heures du matin la porte d'entrée de l'appartement s'ouvrit et se referma avec fracas.Une silhouette projeta la jeune femme sur le canapé et se rua sur elle. Elle ne se débattit pas et accueillit l'inconnu les bras ouvert après avoir allumé une petite lumière qui tamisait la pièce. La jeune femme retira ces vêtements un à un avec empressement en même temps que l'inconnu, ils ne leur fallurent que quelques secondes à tous deux pour être dans la tenue d'Adam et Eve.

Après avoir révisé plusieurs positions du kamasutra, la jeune femme entraîna son étalon dans la chambre, pour une fois qu'elle ne tombait pas sur un mou du genou ou une toute ramollit par l'alcool, elle ne comptait pas s'arrêter là. Le lit en prit pour son grade, les ressorts grinçaient d'une telle force que les

voisins devaient les entendre de deux étages en dessous.
La suite du manuel sexuel était plus intense, au point que l'on aurait pu croire qu'ils avaient la mission de repeupler le monde. Au bout d'un long moment d'ébat, tous deux poussèrent un râle de jouissance extrême. L'inconnue se leva et retourna vers le salon,nu comme un ver, pour en revenir avec un paquet de clopes et un cendrier. Sans dire un mot il tendit une tige à Laura-Sue qui ne se fit pas prié et craqua la roulette de son zippo provoquant un flash lumineux dans la chambre.
Allongés sur le dos, les deux comparses regardaient le plafond tout en fumant leurs cigarettes dans un silence absolu et sans se regarder une seule fois.
La jeune femme écrasa son mégots dans le cendrier et tourna enfin la tête vers son compagnon de la nuit et s'aperçut que ce dernier dormait déjà.
«Pfff tous les mêmes, une fois vidé sa pionce. Pas moyen de remettre le couvert»
Laura-Sue déposa le cendrier sur la table de nuit et se leva pour boire car tout cela lui avait desséché le gosier.
Elle aussi se déplaça dans l'appartement à poil, mais, contrairement à l'inconnu, elle était chez elle et ce n'était pas la première fois qu'elle se baladait à poil la nuit, comme de jour aussi.
La jeune femme alluma la lumière de la cuisine et sortit un verre du placard, sortit une bouteille de coca du frigo et se servit un verre. Elle s'alluma une autre cigarette tout en se resservant un verre quand elle sentit une présence derrière elle.
Laura-Sue ne s'en soucia pas, pensant que c'était son étalon du soir qui s'était relevé, soit pour la rejoindre soit pour demander ou était les wc .
Comme rien ne se manifestait, elle tourna légèrement la tête et ne vit rien dans la pièce à part la petite lampe allumée un peu plus tôt.
-Sale catin!
Laura-Sue se retourna complètement pour faire face au salon tout en restant derrière le comptoir.
Un frisson glacial lui parcourra l'échine et se propagea dans tout son corps comme si la température de la pièce avait chuté d'un coup.
Tétanisée, elle essaya de scruter à l'aide de la lumière tamisée la pièce de long en large cherchant d'où venait cette voix.
-tu me fait hontes!
Un nouveau frisson plus intense la traversa la faisant trembler des pieds à la tête.
-Arrête ce n'est pas drôle! Tu prends tes affaires et tu dégages de chez moi connard!
Laura-Sue passa des frissons d'angoisse à une chaleur corporelle intense due à une montée d'adrénaline.Il y avait qu'elle et son étalon inconnu dans l'appartement et donc par conclusion ce ne pouvait être que ce dernier qui s'amusait à lui faire peur.
«*Putain! Je me suis récupérée un psychopathe! Réfléchie Sue, où as-tu jeté*

ton sac à main en rentrant.»
Elle jeta un œil près de la porte d'entrée et ne le vit pas. A la vitesse de l'éclair elle envoya son regard du côté du canapé, idem.

-Quand as tu dérapé comme ça ma fille? Ce n'est pas l'éducation que nous t'avons donnée avec ton père!»

Laura-Sue se demanda si elle ne devenait pas folle, elle entendait la voix de sa défunte mère, elle, qui ne croyait pas aux esprits et au surnaturel. C'était une chose qui était réservée aux faibles d'esprit et qui servait au charlatan pour escroquer ces derniers.
Une chose attira son attention, en partant le matin même, le comptoir de la cuisine était surchargé de papiers, d'assiettes et d'objet en tous genres. Là, il n'y avait plus rien dessus à part la tasse customisée de la photo de sa mère.
Prenant son courage à deux mains, Laura-Sue tourna légèrement le mug afin d'apercevoir la photo de sa mère.
Stupéfaite, elle constata que sur la photo la tête de sa mère n'y était plus, seul le décor était toujours présent dessus.
Laura-Sue sentit une présence glaciale près d'elle, la température de la pièce avait chuté à un tel point que de la vapeur sortit de la bouche de Laura-Sue.
Paralysée, elle ne put que tourner légèrement la tête de gauche à droite et tomba nez à nez avec une forme gazeuse qui prit peu à peu une forme humanoïde.
Le visage se modela doucement pour prendre les traits de la mère de Laura-Sue, les traits étaient plus tirés et la peau desséchée. Un des orbites ou devait se trouver un œil était vide et un liquide verdâtre coulait de l'orifice, le nez raboté ne laissant que deux trous à la place.
Quand la forme ectoplasmique ouvrit la bouche, la mâchoire se décala sur le côté comme si elle était déboîtée, seuls les ligaments et les muscles la retenaient. A l'intérieur plusieurs dents manquaient à l'appel, des vers et asticots sortaient de la gencive saignante. Laura-Sue ne pouvait plus bouger en voyant le spectre de sa mère en décomposition et voulait s'enfuir, même par une fenêtre quand elle passa derrière elle pour lui murmurer à l'oreille :

-Je vais reprendre ton éducation du début ma fille, tu seras comme maman! Une fille de bonne famille et non une fille de joie!

Le fantôme agrippa Laura-Sue avec ces bras. La jeune femme voulue se débattre mais la peur l'en empêcha. La gorge nouée, elle ne put émettre aucun bruit, aucun son, ces yeux se remplirent de larmes comme pour supplier son bourreau mais en vain.

Le soleil se leva, éclairant partiellement la chambre. Les volets mal fermés laissaient passer quelques rayons de lumière qui vinrent percuter les yeux de l'homme allongé dans le lit.
Une main tâta l'autre côté de la couche à la recherche d'une autre personne et ne trouva que la froideur des draps.
L'homme s'étira de tout son long et se leva, toujours en tenue d'Adam, et alla à la recherche de son hôte de la nuit.

Arrivant dans le salon il ne vît personne,la petite lampe allumée la veille était toujours allumée.
Retrouvant son caleçon près du canapé,l'inconnue l'enfila et se dirigea vers la cuisine pour se faire un café.
«Personne, bah elle est peu être déjà partie bosser ou chercher des croissants.»
L'inconnue fît réchauffer du café et se tourna vers le comptoir et trouva une tasse. Il la prit d'une main et la contempla en émettant un léger sourire en voyant la photo qui était incrusté dessus.
«C'est le genre de cadeau de je détesterais recevoir de la part de ma mère!»
Pensa-t-il en voyant la photo de sa conquête du soir au côté de sa mère.
Elle représentait une personne d'un âge déjà avancé, souriante et rayonnante de joie au côté d'une jeune femme qui faisait la tête à l'idée d'être prise de force en photo.
Après avoir bu son café,l'inconnu se rhabilla et sortit de l'appartement en prenant soin de bien fermer la porte derrière lui en laissant la tasse sur le comptoir de la cuisine.

Fin.

Une ancienne légende amérindienne apparue chez les Cheyennes à la fin du XIXe siècle raconte que l'appareil photo de l'homme blanc vole l'âme des Indiens. Quand nous nous prenons en photo ou quelqu'un d'autre depuis nôtre plus jeune âge, notre âme ne s'effrite-t-elle pas au fil des ans pour qu'à la fin il n'en reste rien?
Si c'est vraiment le cas, le paradis et l'enfer doivent être désert de nos jours ne croyez-vous pas?

A méditer.

Pour le pire et le meilleur....
Mais surtout pour le pire!!

-Nous devrions faire ça en mai ou en juin pendant les beaux jours et avant les grosses chaleurs!

-Je dois voir cela avec Philippe , il est tellement surchargé le pauvre entre les comptes de la baronne Müchtagen et ceux du comte Von Stèter il n'a plus une minute à m'accorder! Mais je pense qu'il trouvera bien un créneau pour marier son fils.

-Élisabeth est tellement impatiente qu'elle n'arrive toujours pas à se décider pour sa robe.

-Votre fille est magnifique , n'importe quoi lui siéra à ravir comme sa mère.

-oh vous me flattez très chère ! Vous reprendrez un peu de thé ?

-Volontiers il est succulent !

La maîtresse de maison agita une petite clochette qui était posée sur la petite table où les deux femmes étaient installées avec tout leurs accessoires de dînette.

Trente secondes après , une jeune femme arriva , jupe noire camouflée d'un petit tablier blanc , chemisier blanc tellement bien repassé que chaque pli était à sa place respectable. Une chevelure blonde coiffée d'un chignon irréprochable surmonté d'un serre-tête blanc en dentelle.

-Oui madame !?

La maîtresse de maison regarda la soubrette en lui adressant un léger sourire de politesse.

-Nous reprendrons un peu de thé Martha.

-Bien madame . Répondit la servante en commençant à débarrasser les tasses.

Elle emporta le service en porcelaine dans la cuisine commença à faire infuser le thé tout en sortant de nouvelles tasses car dans ce milieu on ne resservait jamais dans le même service , question de politesse mais surtout pour en mettre plein la vue.

Martha plaça les tasses sur le plateau ainsi que la théière avec une petite assiette garnie de petite pâtisserie et la sucrière et emmena le tout dans le salon. Une nouvelle personne s'était rajouté à la petite table , la vingtaine d'année , tout de blanc vêtu , une chevelure longue d'une brillance angélique . Elle ressemblait à une poupée de porcelaine. La servante desservit son plateau sur la petite table et s'adressa à la nouvelle personne.

-Mademoiselle désire-t-elle un thé ?

-Non merci Martha vous êtes gentille

-Comme vous voudrez , n'hésitez pas à faire appel si besoin est.

La soubrette pris congé et retourna à ces occupations .

-Nous parlions de votre futur mariage avec Marguerite , en Mai voir Juin

vous irait Élisabeth ?
-Comme cela vous conviendra mère , peu importe le mois tant que père est présent . Je vous fais entière confiance.
Elle se tourna vers leur invitée.
-Et comment va Arthur ? Ça fait deux jours que je n'ai point de nouvel de sa part . Tout va bien j'espère ?
-Oui ne vous inquiétez pas , il a énormément de travail ces temps-ci. Il m'a mandaté de vous transmettre ces hommages.
-Vous m'en voyez rassurée , dites-lui que j'ai hâte de le voir.Lui répondit Élisabeth.
Un bruit de moteur se fit entendre à l'extérieure de la maison et la future mariée reconnue le bruit de la tondeuse à gazon . Le jardinier venait de commencer l'entretien de la pelouse.
-Permettez-moi de prendre congé , je dois m'entretenir avec le jardinier afin de lui demander conseil pour ma serre , j'ai quelques soucis avec mes roses.
-Oui allez-y nous nous verrons plus tard. Rétorqua sa mère .
La jeune femme le leva délicatement de sa chaise et tendit une main à sa future belle-mère.
-Au plaisir de vous revoir Marguerite.
-De même Élisabeth . Répondit Marguerite en serrant à peine la main tendue devant elle.
La demoiselle se dirigea vers la porte de la maison et saisit son chapeau blanc pour se protéger des rayons du soleil.
La mère d'Élisabeth resta avec Marguerite et continua sa conversation sur le mariage de sa fille.
A peine eue t-elle franchit le pas de la porte qu'Élisabeth fût aveuglée par la lumière du soleil , elle marqua un temps d'arrêt le temps que ces yeux s'habituent à la luminosité de l'extérieur.
Une fois sa vision rétablie . Elle repéra le son du moteur de la tondeuse qui faisait des vas et viens au fond du grand jardin de la maison et alla à sa rencontre . A fur et à mesure qu'elle s'en rapprochait , l'odeur de l'herbe fraîchement coupée se faisait de plus en plus sentir . Quand l'arôme de la pelouse était à son apogée , Élisabeth aperçut le jeune jardinier en train de pousser la tondeuse qui , au premier regard , semblait lourde à pousser . Torse nu , les muscles bandés par l'effort et concentré par ce qu'il faisait , le jeune homme n'aperçut pas de suite la demoiselle qui approchait .
Ne voulant pas abîmer les larges bandes parallèles d'herbe coupée , Élisabeth se tint sur place et fit de légers mouvements du bras pour attirer son attention.
Du coin de l'œil , le jeune homme discerna la jeune femme qui essayait de capter une faille dans sa concentration. Il s'arrêta et stoppa le moteur de son engin . Le calme revint et les sons de la nature reprirent leur place respectable.
Le jeune jardinier se dirigea vers Élisabeth tout en s'essuyant les mains sur son pantalon.

-Bonjour mademoiselle , que puis-je faire pour vous ?

-Bonjour Henri , excusez-moi de vous importuner dans votre lourde tâche mais j'aurais besoin de vos conseils pour ma serre , J'ai quelques roses qui ne veulent pas pousser.

-Oui bien entendu mademoiselle , montrez-moi ça . Lui répondit le jeune homme . Passez devant je vous suis .

Élisabeth lui sourit en cage de gratitude et prit la direction de la serre suivit du jeune jardinier.

Ils entrèrent à l'intérieur de la serre , il faisait frais et les plantes présentes apportaient un peu d'humidité qui n'était pas désagréable. L a jeune femme resta légèrement en arrière afin de verrouiller la porte derrière eux et se rua sur le jardinier qui lui fit face au dernier moment . Elle se jeta sur lui et l'embrassa longuement avec passion , sans aucune résistance de la part du jeune homme qui l'empoigna à son tour pour retourner la situation et prendre le dessus . Dans cet ébat passionnant les deux jeunes gens aux gestes bestiales tombèrent à terre et roulèrent sous une table ou étaient posées des plantes aux longues branches et aux feuillage touffu , là , ils ne risquèrent pas d'être vu .

-Oh Michel comme le temps m'a paru long sans toi !

-Chut ! Ne dis plus rien , nous aurons tout le loisir de parler plus tard . Lui répondit le jardinier avant de déposer ces lèvres sur les siennes.

Il lui souleva sa robe et constata avec surprise qu'elle n'avait pas mis de sous-vêtement ce qui l’excita davantage . La jeune femme s'ouvrit comme une fleur sous les premiers rayons du soleil et invita son amant à faire d'elle tout ce dont il désirait , ce dernier ne se fit pas prier et la prit sauvagement . Dès que l'extase fut atteint ils restèrent tous deux allongés sous la table sans dire mot pendant un petit moment jusqu'à ce que Michel brise le silence de la serre.

-Alors ? Tu as laissé tomber ce crétin d'Arthur ? Lui demanda-t-il .

-Non toujours pas , ma mère accélère la cadence .

-Il faut que leur dise , après il sera trop tard et je ne pourrais le supporter .

-Je sais bien , mais cela devient trop compliquer à gérer !

Élisabeth se blottit contre son amant .

-Si tu ne fais rien c'est moi qui le ferais !

-Non !

-Écoute ? Il va bien falloir que tu fasses un choix entre lui ou moi !

-Mon choix est fait mais... Élisabeth marqua un temps de pause avant de poursuivre . Mes parents , ils comptent tellement sur cette union , ils ne l'accepteraient pas , ils n'accepteraient pas que leur fille unique préfère leur jardinier plutôt que le fils d'un riche comptable .

-Je sais bien bébé , mais il faut trouver une solution .

- Et si on s'enfuyait ? Demanda la jeune femme .

-Non se serait trop risqué , ta famille à trop de contactes , on serait très vite repéré . Mais j'ai déjà pensé à une solution.

Les deux amants restèrent encore un petit moment dans la serre , le temps que Michel explique son idée à la jeune femme .

Quelques jours passèrent quand Élisabeth reçu un coup de téléphone , Arthur était à l'autre bout du fil .
-Élisabeth ? Ici Arthur ! Comment allez-vous très chère !
-Oh Arthur ! Bien bien et vous-même ? Cela fait un moment que je ne vous ai pas vu !
-Je vais bien merci , vous m'en voyez navré de vous délaisser de la sorte mais je suis submergé de travail mais c'est pour cela que je vous appel , je vous ai bloqué ma journée de demain pour me faire pardonner .
-Oh quelle bonne nouvelle ! J'ai hâte d'être à demain .
-Je passerais vous prendre vers dix heures demain matin si ça vous va ?
-Je serais prête , ne tardez pas je ne pourrais vous attendre plus longtemps !
L'homme rigola au téléphone avant de poursuivre .
-Je serais là à dix heures pétantes voire même un peu avant.
-Magnifique , je vous attends donc demain matin . Au revoir Monsieur Arthur !
-A demain matin mademoiselle Élisabeth !
A peine la jeune femme eut raccroché le combiné qu'elle le décrocha aussitôt et composa un numéro .
-Allô ? Michel ? Oui c'est moi ! Oui , il vient de m'appeler , je passe la journée avec lui demain , oui on fait ce que tu as dit . Chuchota-t-elle .
Elle reposa doucement le téléphone et retourna à c'est occupation de fille de bonne famille.
Le lendemain matin , une voiture de marque Jaguar entra dans la propriété et s'arrêta devant la porte d'entrée de la résidence . Un homme d'une trentaine d'années en descendit , habillé tout de blanc vêtu à la coiffure aussi parfaite que la tenue .
Son visage était orné d'une petite moustache bien taillé , on aurait pu croire qu'il sortait tout droit des brigades du tigre . Son doigt n'eut pas le temps d'atteindre la sonnette que la porte s'ouvrit laissant apparaître Élisabeth dans l'encadrure de la porte .
-Je vous avais dit que je serais prête . Lui dit elle en souriant .
-Parfaits comme ça nous ne perdons pas de temps en nous en aurons plus pour nous . Votre mère est là ? J'aimerais la saluer avant de vous enlever .
-Non mère a dû s'absenter , mais elle vous salut et compte bien vous voir à notre retour.
-Dans ce cas , qu'attendons-nous ? Mademoiselle me permettez-vous ?
Arthur lui tendit son bras afin de l'accompagner à son véhicule , Élisabeth la saisie délicatement et se laissa guider.
Une fois dedans , Arthur démarra la voiture et sourit à sa passagère en entendant le vrombissement du moteur .

La journée passa tranquillement entre ballades au bord de mer et restaurant bien coté .
Quand la nuit commença à tomber , Arthur ramena sa douce chez elle espérant pouvoir saluer sa future belle-mère. Mais le temps changea rapidement et la pluie fit son apparition tambour battant .
Les essuie-glaces de la voiture étaient à leur maximum et malgré cela Arthur avait du mal à voir la route . Quand le véhicule pénétra dans la résidence , la pluie tombait de plus belle , plus forte et plus épaisse obligeant Arthur à stopper la voiture près de la serre d'Élisabeth.

-Allons dans la serre le temps que la pluie se calme un peu , comme ça je pourrais vous montrer le rosier que vous m'aviez offert , il est magnifique !

Arthur réfléchit un peu avant d'accepter , de toute manière il ne voyait plus le chemin de gravier et il aurait été dangereux de continuer au risque de rentrer dans un arbre ou un buisson.
Les deux tourtereaux se précipitèrent dans la serre essayant d'esquiver en vain les gouttes d'eau de la taille d'une noisette.
Une fois à l'intérieur , ils se secouèrent comme des animaux mouillés pour retirer un maximum d'eau sur eux . La pluie tombait tellement drue que cela faisait un bruit sourd dans la serre quand celle-ci percutait les vitres .
La jeune femme alluma une rampe de lumière au moyen d'un interrupteur situé près de la porte et avança tout en saisissant Arthur au passage pour l'emmener au plus profond de la pépinière.

-Regardez comme il est magnifique ! Dit elle en parlant légèrement plus fort qu'à l'habitude à cause du vacarme que faisait la pluie.

Arthur regarda avec émerveillement la plante qui lui avait offert.

-Il n'y a pas à dire vous avez la main verte comme fut votre grand-mère.

-Merci du compliment Arthur , ceci me va droit au cœur !

Une ombre se faufila entre les établis jonchés de plantes en tous genres prenant garde de ne rien faire tomber.
La pluie se calma et Arthur regarda vers la sortie.

-La pluie se calme , nous devrions en profiter pour gagner votre demeure.

Élisabeth commença à paniquer et réfléchit à comme retenir Arthur en ces lieux et trouva la solution.D'un signe de tête elle suivit son futur mari quand soudain elle feignit une petite chute propulsant en même temps un pot de fleurs où poussaient des tulipes au sol .
Arthur , en entendant le bruit du pot de fleurs se casser sur le sol , se retourna et vit sa dulcinée soutenue par un établi sous le bras et les jambes à moitié fléchis .

-Mon Dieu ! Que vous arrive-t-il ?

-Je me suis tordu la cheville . Simula Élisabeth

Arthur s'approcha de la demoiselle en détresse et , au moment de se baisser pour se mettre à son niveau reçut un violent coup sur la tête.
Le bruit du coup et de sa chute fut couvert par un orage accompagné d'un éclair qui semblait déchirer le ciel , éclaircissant le visage de l'agresseur . La jeune femme reconnu Michel , son bel amant , et recula quand ce dernier

leva pour la seconde fois la pelle qu'il tenait dans ses mains.
Cette fois ci , le coup était réfléchi et non fait dans la hâte car la pelle vint fendre le crâne d'Arthur avec son arrête . Le jeune jardinier s'abaissa pour vérifier que son dernier coup avait bien été fatal et pût voir un peu de cerveau sortir de la plaie d'où dégoulinait le sang rouge vif et épais d'Arthur.
Les deux amants se regardèrent quelques secondes sous le rugissement de l'orage.
-Il est...
-Mort ! Oui ! Répondit Michel
Le jardinier reprit ces esprits après son souffle et saisit le cadavre jonché sur le sol et le mit sur son épaule . Il se dirigea vers la porte de la serre quand il fut interrompu par une voix tremblante venant de derrière lui.
-Que vas-tu faire de lui ? Demanda Élisabeth .
-J'ai tout préparé avant de venir , grimpe dans la voiture .
Elle ne discuta pas et le suivit jusqu'à la jaguar et monta dedans pendant que Michel chargea le cadavre dans le coffre . Une fois fait il entra de nouveau dans la pépinière et n'en ressortit que quelques minutes plus tard . Le jardinier pris place au volant de la voiture de luxe et démarra sans dire un mot . Le véhicule sortit de la propriété et roula vers une destination inconnue à sa maîtresse .
-Où allons-nous ?
-Au cimetière , j'ai déterré une tombe et jeté les os dans la fosse commune pour y mettre un nouveau pensionnaire. Personne ne pensera à chercher là-bas.
Après ce qui venait de se passer , Élisabeth sentit une sensation de froid glacial passer sous sa peau . Après avoir parcouru plusieurs kilomètres ils arrivèrent à destination , la pluie avait cessé de tomber quand Michel coupa les phares de la jaguar à quelques mètres de l'entrée afin de passer inaperçu . Michel fit basculer le corps sur son épaule qui pesait le même poids qu'un morceau de tronc d'arbre , autant dire que c'était la routine pour lui . Élisabeth le suivit jusqu'au trou que son amant avait déjà préparé auparavant et le regarda jeter son défunt futur mari dedans et reboucher le trou .
-Et maintenant ? Que faisons-nous ? Que vais je dire si la police m'interroge ?
Le jardinier s'essuya le visage afin de retirer la terre qu'il avait dessus et regarda sa maîtresse .
-Ne t'en fais pas , je vais te ramener chez toi et me débarrasser de la voiture , toi si on te questionne , tu répondras ce que vous avez fait aujourd'hui , même le passage dans la serre et après il t'a déposé chez toi et est repartit . Tu verras tout se passera bien .
-je sais pas si j'y arriverais.
-Mais si tu verras , sort toi de la tête ce qui c'est passé ce soir et tout ira bien.
Il la serra contre lui pour la rassurer et lui déposa un baiser sur le front . La pluie recommença à tomber légèrement à leur départ du cimetière . Une fois

chez elle , Élisabeth se précipita dans sa chambre pour se mettre à son aise et se blottit sous sa couette et essaya d'oublier cette soirée .
Quelques semaines plus tard une enquête fut lancée sur la disparition d'Arthur qui n'aboutit à rien . Les enquêteurs classèrent l'affaire car une disparition sans corps et sans motif ne valait pas le coup de perdre plus de temps . Élisabeth et Michel continuèrent de se voir en cachette car elle avait dit à sa mère de ne pas vouloir faire de nouvelle rencontre sous prétexte d'être malheureuse de la disparition d'Arthur et disait qu'il réapparaîtrait un jour .
Une nuit , les deux amants se retrouvèrent dans la serre comme ils aimaient se retrouver de temps en temps . Le ciel était dégagé et la pleine lune répandait sa lueur sur la pépinière . Élisabeth et Michel batifolaient comme à leur habitude quand à un moment bien avancé de la soirée , le ciel se couvrit , des nuages de plus en plus gros firent leurs apparitions accompagnées du grondement de l'orage , la lune fut totalement caché , n'éclairant plus la serre de sa douce lumière.
-Nous devrions rentrer , cette situation me rappel de mauvais souvenir . Dit Élisabeth.
-C'est du passé voyons , on ne risque rien ici . Répondit Michel .
D'un coup la lumière de la serre vacilla jusqu'à s'éteindre complètement . Les deux amants se dirigèrent malgré tout vers la porte qui était fermée. Michel insista pour l'ouvrir et ne réussit qu'à casser la poignée de la porte d'entrée de la serre .
-Bon sang ! Que se passe-t-il ? Demanda la jeune femme .
-tu as fermé la porte à clé et en essayant d'ouvrir , la poignée m'est restée dans les mains.
-Non , non je l'ai pas fermé je t'assure .
La petite Élisabeth commença à paniquer et entraîna son amant vers l'autre sortie. Elle le dirigea en tâtonnant les différents établis présents quand Michel sentit quelque chose agripper sa cheville . Une sorte de liane tressée entrava sa course et l'envoya à terre . Michel entendit le bruit d'une branche cassée et une soudaine douleur aiguë le frappa au niveau des cotes . Tandis qu'il essaya de regarder sur quoi il avait pu tomber , d'autres lianes vinrent s'enrouler autour de lui jusqu'à ce qu'il ressemble à un cocon végétal .
Élisabeth était pétrifiée devant la scène qui se déroulait sous ces yeux quand elle sentit une présence derrière elle . Utilisant le peu de courage qu'il pouvait lui rester , elle se retourna et tomba à la renverse en voyant la chose qui se trouvait maintenant devant elle . La vision d'horreur étant insupportable qu'elle sentît la serre tourner tout autour d'elle avant de sombrer dans un black-out totale .
De petits bruits de mastication titillèrent les tympans de la jeune femme , la tirant de son profond sommeil . Ces yeux combattirent la lueur du peu de lumière présent à fur et à mesure qu'elle essayait de les ouvrir . Il lui fallut quelques secondes pour que sa vision ne soit plus floue et découvrir la scène d'effroi qui se tenait devant elle . La chose immonde qu'elle avait vue dans la

pépinière se tenait devant elle , assis à une table recouverte d'une nappe blanche maculée de taches de sang qui , première vue était fraîche .
Il était apprêté d'un costume blanc , qui fut élégant à un moment donné , recouvert de terre et de verdure . Élisabeth tenta de discerner les traits du visage livide de la chose . Une petite moustache ornait le dessus de ces lèvres , Les cheveux courts qui devaient être bien entretenue à une époque , partaientt là , dans tous les sens . Une matière visqueuse semblait couler de derrière sa tête , longeait son cou pour se précipiter de son épaule dans le vide.
Élisabeth écarquilla les yeux d'épouvante en reconnaissant la chose qui se tint devant elle : Arthur .
A sa gauche se tenait une masse de liane qui faisait penser à un cocon . La jeune femme eut un flash et se rappela ce qui c'était passé auparavant dans la serre .
-MICHEL !!!! s'écria-t-elle.
La jeune femme tenta de le rejoindre quand elle s'aperçut qu'elle était attachée. Scrutant les alentours , Élisabeth vit son reflet dans un miroir et découvrit que ces cheveux étaient ornés d'une couronne avec deux figurines représentant deux jeunes mariés placés dessus .
Elle hurla de terreur , ce qui agaça la chose qui se plaqua les mains sur les oreilles .
-MAAARIEEEE !!!! Cria Arthur dans la direction d'Élisabeth .
Il répéta le même mot à la forme végétale qui se tenait à ses côtés mais en pointant cette fois-ci Élisabeth .
Le cocon s'agita légèrement et quelques lianes se retirèrent au niveau du visage faisant apparaître deux yeux qui scrutaient tout ce qui pouvait se trouver autour comme pour chercher une sortie.
Les larmes coulèrent à flots sur les joues d'Élisabeth entraînant dans leur sillage le mascara ainsi que le rimmel qui ornaient ces yeux . Les vaisseaux sanguins dans ces orbites recouvraient la majeur partis du blanc situé autour de la pupille ne demandait qu'à éclater .
Arthur se leva et saisit le cocon végétal pour le plaquer contre le mur situé derrière eux . La chose envoya son bras en arrière pour la lancer à vive allure et transperça la coquille de lianes au niveau de l'entre jambes . Michel hurla de douleur , la main de la chose venait de lui empoigner les parties génitales et les resserra tel un étau . Son cri s'amplifia quand la main ressortie d'un coup sec avec son trophée .
La chose se retourna et alla dans la direction d'Élisabeth pendant que les lianes lâchèrent leurs emprises sur Michel qui se vidait de son flux vital au sol .
-OUUIII JE LE VEUUX !!!!! Prononça Arthur tout en empoignant la mâchoire d'Élisabeth .
-EET VOOUS ??? lui demanda t-il .
Sa mâchoire lui faisait horriblement mal sous la pression de la main de la chose .

-Ouui ... Ouii !! lui répondit elle en panique , pensant qu'il relâcherait son étreinte , lui permettait ainsi d'avoir quelques secondes de répit pour réfléchir à comment se sortir de cette situation .

-Ce n'est point moi qui ai imaginé votre disparition mon amour , mais Michel !

La chose tourna la tête en direction de Michel qu'il avait laissé derrière lui et reposa son regard vitreux sur sa dulcinée .

-Je vous ai toujours ... aimé .

Arthur s'énerva et resserra la mâchoire de la jeune femme afin de lui faire ouvrir en grand . Un son aiguë s'échappa de la gorge d'Élisabeth avant d'être étouffé par les testicules de son ancien amant . Une fois à l'intérieure , il exerça une forte pression sur le menton d'Élisabeth pour lui faire manger . Elle sentit le membre mou et flasque croquer sous ces dents faisant jaillir le peu de sang qui se trouvait encore à l'intérieure , sous la pression elle faillit s'étouffer avec tout ça dans la bouche .

Arthur relâcha la pression , lui laissant un court instant pour cracher ce qu'elle avait dans la bouche avant de lui tordre le cou .

-Le moo-ment queee j'aa-teenn-daiis ... Laa pii-èècee moon-tééééee !!!!!

Fin.

Peu importe le milieu dans lequel on évolue , que ce soit chez les gens de bonne famille , de milieu modeste ou de bas étage , la luxure est la même et le désir de vengeance aussi , seule la méthode change.

Et vous ? Jusqu'où seriez-vous capable d'aller par vengeance ?

La voix des autres

Fishguard , petite ville portuaire d'Angleterre où tout le monde se connaît entamait une nouvelle journée . La famille Brighton s'activait comme tous les matins aux tâches quotidiennes . Une odeur de bacon grillé et d'œufs brouillés embaumait la petite maison . Anna , la mère de famille s'attelait aux fourneaux pour préparer le petit déjeuner pour tout son petit monde pendant que Henry son mari , lui s'occupait de réveiller les enfants .
Henry entra d'abord dans la chambre des filles qui mettaient plus de temps à se réveiller .La pièce était à peine éclairée par une petite veilleuse en forme de champignon pour rassurer Diane , la petite dernière de quatre ans qui avait peur dans l'obscurité , imaginant toujours que le monstre du placard allait surgir . Malgré le réconfort que pouvaient lui apporter ses parents ainsi que sa grande sœur , la peur était là . Une nuit Henry du se lever d'urgence , réveillé par les cris de Diane , et faire semblant de se battre avec le monstre du placard pour la rassurer et lui faire croire que le monstre était vaincu et qu'il ne reviendrait pas dans la chambre.
Grâce à la faible luminosité , il évita les petits jouets qui jonchaient le sol pour atteindre le lit de Diane .

- Diane ! Il est l'heure de se lever ma fée .

La fillette se tourna à l'opposer de son père en faisant la sourde oreille.

- Darling , debout !

Henry gagna enfin la bataille quand la petite ouvrit doucement les yeux après quelques minutes de lutte .

- Va rejoindre maman dans la cuisine et mets toi à table .

Sans dire mot , la petite fille s'étira dans son lit et en sortit avec son lapin en peluche dans les bras . Le père passa ensuite à l'autre lit où dormait l'aîné tout en continuant son slalom , mais cette fois-ci entre les vêtements de la grande car comme tout adolescent de quatorze ans qui se respectent , le rangement n'était pas son fort .

- Debout Maddy !

Le ton était plus ferme cette fois ci , désespéré de voir autant de foutoir

sur si peu de centimètre carré.
- Ouais je me lève papa ! Lui répondit elle en soufflant .
Henry tourna les talons et sortit de la pièce , et alla vers la chambre des garçons pour procéder au même rituel .
Quand il entra , il vit Melvin qui était déjà réveillé . Henry mit son doigt sur sa bouche pour lui faire comprendre de ne pas faire de bruit pendant qu'il réveillait le petit dernier qui venait d'avoir à peine dix mois . Évitant le mobile qui était accroché au lit , représentant des petits oursons et de petit lapin , le père se pencha et saisit le petit pour le plaquer contre son épaule . Le petit garçon ouvrit à peine les yeux et les referma aussitôt tout en continuant à tirer sur sa tétine .
-Allez les garçons , on y va .
Melvin emboîta le pas de son père et le suivit jusque dans la cuisine.
En arrivant dans la cuisine , la petite Diane était assise à table et attendait que tout le monde soit là pour commencer à manger . Melvin prit place pendant qu'Henry installait Bryan dans sa chaise haute . Maddy arriva quelques secondes après et s'installa sans rien dire.
Anna commença à servir ces enfants quand le téléphone sonna . Elle regarda son mari quitter la table et compris ce qu'il allait faire . La communication fut brève et Henry , en revenant à table , signa des mains en direction de sa femme .
«C'était l'assistante du docteur qui confirmait le rendez-vous de cette après-midi»
En effet , Anna était mal entendante mais pas de naissance , la surdité était venue lentement à cause d'une maladie qui était héréditaire . Elle avait dû apprendre le language des signes ainsi que de lire sur les lèvres mais pouvait toujours parler normalement , sauf que son handicap l'empêchait de s'entendre elle-même parler. Tout le monde avait suivi des cours du soir en même temps qu'elle .
«Je suis curieuse de savoir ce qu'il a à nous dire» lui répondit elle .
En effet , quelques semaines auparavant , le docteur Austin les avait contacté en leur demandant s'ils pouvaient venir à son cabinet car il avait une chose importante à leur faire part .
A la fin du petit déjeuné tout le monde alla se préparer , les grands remontèrent dans leur chambre pour s'habiller pendant qu'Henry et Anna

s'occupaient des petits .
Quand tout le monde fut prêt , Henry emmena les trois plus vieux à l'école dans la voiture familiale , laissant sa femme seule avec le petit Bryan . Sur le trajet , il se posa plein de questions , s'imaginant plusieurs scénarios possibles sur le fait de cette convocation chez le docteur Austin .

- Maddy , je compte sur toi pour t'occuper de ton frère et de ta sœur en sortant des cours . Je ne sais pas à quelle heure nous serons de retour. Demanda-t-il à sa fille aînée à travers le rétroviseur central de la voiture.

- Oui 'pa mais ne traînez pas sur la route . Lui répondit-elle en levant légèrement les yeux.

- On fera de notre mieux tout dépendra de ce que le docteur aura à nous dire . Et tu sais bien que Cardiff n'est pas à côté . En cas de problème tu peux aller voir madame Marpple , elle est au courant de notre absence .

Ils arrivèrent devant l'établissement scolaire , Diane embrassa son père pour lui dire au revoir pendant que Melvin et Maddy sortirent précipitamment du véhicule pour rejoindre leurs camarades respectives .
La famille Brighton étaient venu s'installer à Fishguard pour son bien-être et son bon air mais avant tout pour la santé de Melvin qui avait développé un asthme sévère à cause de la pollution et des émanations de dioxyde de carbone qui se trouvaient à Liverpool . Henry avait négocié avec son employeur pour rester dans la compagnie d'assurance en faisant du télétravail mais en contrepartie il travaillait un peu plus qu'à l'époque ou il avait son bureau dans l'entreprise .
Henry repartit en direction de la maison en espérant que sa femme et le petit Bryan étaient déjà à partir . Ils ne devaient pas traîner , non seulement pour la longue route à faire mais aussi par ce qu'ils avaient un peu hâte de savoir ce que leur voulait le toubib .
Anna avait mis le petit Bryan dans son parc à jouet le temps qu'elle finisse de se préparer . Avec son handicap c'était le seul moyen pour elle d'avoir un œil dessus sans danger . A peine avait elle finit de préparer le sac à langer qu'elle aperçut par la fenêtre de la cuisine Henry stationner la voiture familiale devant la maison .
Elle avait hâte et en même temps stressé de prendre la route car la

dernière fois qu'elle avait vu le docteur Austin c'était pour apprendre que son handicap était irréversible , brisant ces rêves de jeune fille de pouvoir passer à travers cette maladie héréditaire et vivre une vie de famille comme tous les autres .
Henry entra et rejoignit Anna dans la cuisine.
«Tu es prête mon amour ?» Lui demanda-t-il en language des signes .
«Oui je n'ai plus qu'à mettre mes chaussures et on peut y aller»
«Ok je vais attacher le petit dans son siège tu me rejoins après .
N'oublie pas de couper le gaz et de fermer la porte à clé .»
Le chef de famille alla chercher le petit Bryan qui c'était endormi dans son parc et l'emmena jusque dans la voiture où il l'attacha dans le siège enfant .
Peu de temps après , Anna les rejoignit et embarqua à l'intérieur du véhicule , ceinture attachée prête à affronter peut-être un nouveau destin .
Après quatre heures de route , les Brighton arrivèrent à l'entrée de Cardiff , Anna commença à se sentir assez mal à l'aise à fur et à mesure que les rues défilaient sous ces yeux . Ils avaient fait juste une pause sur la route pour donner le biberon à Bryan et lui changer sa couche . Le véhicule pénétra dans un parking souterrain public et trouva par chance une place tout près de la sortie . Pendant qu' Henry s'attelait à sortir la poussette et à la déplier , Anna s'occupa de détacher le petit dernier . La famille réduite de moitié , s'engouffra dans l'ascenseur du parking en prenant soin de ne pas toucher les parois dont la propreté était très douteuse .
Ils patientèrent aux feux tricolores que celui-ci passe au rouge afin qu'ils puissent atteindre le trottoir d'en face , le cabinet de l'ORL se situait juste en face du parking où ils avaient pris l'habitude de se garer à chaque rendez-vous .
Ils entrèrent dans le bâtiment construit en briques rouges et envoyèrent l'ascenseur au quatrième étage . Sur le palier se trouvaient quatre portes mais une seule arborait une plaque dorée portant le nom du docteur Austin .
Henry pénétra le premier dans le cabinet et referma la porte derrière sa femme avant de se présenter à la secrétaire du docteur qui était assise à l'accueil .

- bonjour nous avons rendez-vous avec le docteur Austin , Anna Brighton .
La jeune fille regarda l'agenda de rendez-vous du docteur .
- Bonjour , vous pouvez patienter dans la salle d'attente le docteur va vous recevoir. Leur adressa-t-elle .
Ils se dirigèrent dans la petite salle et prirent place sur les petites chaises peu confortables.
Dix minutes plus tard , un homme dans une blouse blanche entra dans la pièce et regarda les Brighton .
- Bonjour vous venez s'il vous plaît !?
Henry et Anna se levèrent et suivirent le docteur avec la poussette , le petit Bryan c'était de nouveau endormi .
Tout ce petit monde pris place dans le cabinet et le docteur s'installa dans son fauteuil de cuir marron , tapota sur son ordinateur et regarda Henry et Anna .
- Ça fait un moment qu'on s'est pas vu , comment allez-vous ? Et les enfants ?
- Bien merci docteur . Lui répondit Henry . Les enfants vont bien et Melvin ne fait plus d'asthme depuis qu'on est à Fishguard .
- Pourquoi vous nous avez convoqués ? Demanda Anna avec un peu de courage mais tellement fort que les autres patients présents dans la salle d'attente avaient dû l'entendre.
- Je vous ai demandé de venir car avec un confrère nous avons élaboré un appareil qui permettrait aux personnes atteintes du même handicap que vous Anna de pouvoir entendre de nouveau .
Le docteur Austin retourna l'écran de son ordinateur vers Henry et Anna . Une photo représentait deux petits appareils .
- Comme vous pouvez le voir , ce sont deux petits appareils que l'on placerait juste derrière l'oreille mais , avec une petite différence de tout ce que l'on peut voir dans le commerce , celui-là est relié directement au tympan .
Le docteur Austin saisissa sa souris et cliqua sur une autre image , l'agrandissant au maximum de l'écran afin que ses patients puissent bien voir tous les détails .
- Nous faisons une légère incision là juste derrière l'oreille et on

introduit le tube flexible jusqu'au tympan que nous incrustons dedans . Anna et Henri jonglaient entre l'écran le docteur et eux .

«Mais en quoi ça a voir avec moi ?» Demanda Anna à son mari .

- Mais en quoi ça concerne ma femme docteur ? Reformula Henri pour le docteur qui ne connaissait pas le language des signes .

- Simple Henry . Anna , grâce à cet appareil , pourrait de nouveau entendre . Ceci n'est qu'un prototype , il se peut qu'il y est des dysfonctionnements mais j'ai pensé que cela pouvait vous intéresser , depuis le temps que nous nous connaissons .

Une larme coula sur la joue d'Anna qui avait lu sur les lèvres du docteur Austin . Elle regarda son mari tout en faisant un signe de tête d'approbation .

Mais rien que le regard de sa femme lui suffit pour comprendre qu'elle voulait tenter l'expérience .

- Et quand pourriez-vous faire cette opération ?

- Justement , j'étais quasiment persuadé que cela vous intéresserait et je me suis permis d'avoir déjà tout organisé . Nous pouvons , avec mon confrère , procéder à l'implantation des appareils à la fin de la semaine .

Henri regarda sa femme qui semblait le supplier du regard .

- D'accord docteur , je m'arrangerais avec notre voisine pour garder les enfants le temps de l'hospitalisation ...

- Ne vous inquiétez pas , nous opérons le matin et si tout va bien Anna pourra sortir le soir même .

Après avoir réglé quelque modalité administrative , Anna et Henry reprirent la route en direction de Fishguard , plus léger tout en étant excité à la fois . Le soir même ils annoncèrent la nouvelle aux enfants qui éclatèrent de joie à cette nouvelle . Ce soir là , ce fût la fête dans la maison , Anna préférera commander des pizzas plutôt que de cuisiner . Les jours défilèrent à une vitesse grand V jusqu'au jour de l'opération . Ce matin-là ce fut le branle bas de combat dans la maison et personne n'eut besoin d'être réveillé par Henry . Madame Marpple se tenait prête dans sa voiture pour emmener Maddy , Melvin et Diane à l'école . Henry les accompagna jusqu'à elle et les embrassa un à un puis passa la tête du coté passager .

-Ne vous inquiétez pas Henry , je m'occupe d'eux comme si c'était les

miens . Lui dit madame Marpple pour le réconforter.
- Si je n'avais pas confiance je ne les vous aurais pas confié . Lui rétorqua-t-il .
Elle vérifia que tout le monde était bien attaché et démarra la voiture et partit en direction de l'école . Henry rentra en vitesse pour finir de se préparer pendant qu'Anna finissait d'habiller Bryan . Ils prirent la route assez rapidement pour ne pas être en retard à l'hôpital .
Tout se passa sans problème et les Brighton purent rentrer chez eux le soir même , Anna par contre du garder ces pansements et les bouchons que le médecin lui avait mis pour protéger ces tympans du bruit et avait pour consigne de les enlever que le lendemain matin .
Toute la famille stressait le lendemain matin quand Henry retira les bouchons des oreilles d'Anna . Un silence de mort régna dans la maison , même le bruit de la rue et de la nature était resté en suspens un court instant . Anna brisa le silence en prenant la parole .
- Bon...bonjour mes amours . Dit-elle presque en chuchotant . Anna re-découvra le son de sa voix après tant d'années dans le silence .
- Tu nous entends maman? Lui demanda la petite Diane .
- Oui ma petite je t'entends très bien.
Tout le monde s'effondra en larmes devant la scène , l'opération avait fonctionné .
Deux semaines plus tard Anna se leva avec une grosse migraine qui ne voulait pas passer malgré les cachets et une petite douleur la gêna derrière les oreilles , ce qui l'avait empêché de passer une bonne nuit .
Elle décida d'appeler le docteur Austin mais vu l'heure matinale elle savait qu'il n'était pas encore arrivé à son cabinet mais laissa quand même un message sur le répondeur lui expliquant le problème , Anna lui demanda à la fin du message de la rappeler dès qu'il aurait le message .
En passant par le salon elle regarda une cage ou était perché deux canaris jaune , ce qu'elle avait pris goût à écouter leur chant depuis son opération lui était ce matin insupportable . Anna avait l'impression qu'on avait augmenté le volume sonore des oiseaux et commençait a envier le poisson rouge dans son bocal .
Henry descendit avec les enfants qui arrivèrent dans la cuisine en fanfare comme chaque matin et se jetèrent tous sur leur mère pour lui dire

bonjour . La douleur derrière ces oreilles amplifia , la rendant désagréable . Le petit déjeuné se passa dans un boucan d'enfer ce qui irrita encore plus Anna.

- Silence ! Fermez -a ! S'écria-t-elle .

Tout le monde se tu , regardant Anna d'un air stupéfait , elle qui était si contente d'entendre à nouveau n'avait rien dit au cours de ces deux semaines passées .

- Ça va bien chéri ? Lui demanda Henry .
- Oui t'inquiète pas , j'ai mal dormi cette nuit .

Après le petit déjeuné tout le monde alla vaquer à ces occupations ,Henri tondit la pelouse avec la tondeuse électrique , Diane et Bryan jouaient ensemble dans la chambre des garçons , Maddy écoutait les derniers tubes musicale sur son lecteur CD et Melvin jouait aux jeux vidéo dans le salon tout en faisant des commentaires sur sa partie . Anna quant à elle était restée dans la cuisine pensant être au calme mais sa migraine ne faisait qu'empirer . Quoiqu'elle soit à l'écart des autres elle entendait tous les bruits qui l'entouraient , de la tondeuse aux enfants qui se chamaillaient dans la chambre couverte par la musique criarde de Britney Spears dont les paroles étaient remplacées par les commentaires de Melvin . La migraine et le mal derrière ces oreilles augmentaient crescendo et le docteur Austin ne l'avait toujours pas rappelé . Anna commença à voir rouge quand soudainement , elle fut terrassée par un sifflement aigu qui l'obligea à s'allonger quelques instants sur le sol . Quand elle se releva , tous les sons autour d'elle se mélangèrent la faisant devenir folle .

Anna prit un long couteau de cuisine et alla discrètement dans le salon en prenant soin de ne pas se faire voir par son fils . Elle arriva par derrière , lui caressa les cheveux pour les empoigner plus facilement , lui tira la tête en arrière et fit un vif geste avec la lame sur sa gorge . Le sang jaillit dans tous les sens . Dans tout ce brouhaha dans les oreilles d'Anna , le son de Melvin disparu mais fut immédiatement remplacé par celui des oiseaux . La mère de famille monta à l'étage et s'occupa de Diane et de Bryan pour finir par Maddy , sur qui Anna après lui avoir planté le couteau dans le ventre , l'avait achevé avec le lecteur CD . Ne restait plus que Henry qui finissait de tondre la pelouse et les oiseaux .

Anna retourna dans la cuisine pour chercher le chalumeau dont elle se servait pour faire ces fameuses crème brûlé ainsi que les allumettes. Quand elle l'eut trouvé , elle retourna dans le salon et se pointa devant la cage des canaris , craqua une allumette et ouvrit la petite bonbonne de gaz . Au contacte de l'allumette , une flamme bleue jaillit du chalumeau . Anna poursuivi a travers la cage les oiseaux jusqu'à qu'une odeur de plumes brûlées , comme celle que l'on peut sentir chez un boucher cramant les dernières plumes d'une carcasse de poulet , embaume la pièce . Le calme était quasiment revenu à ces oreilles , elle pouvait enfin s'entendre penser . En sortant du salon , Anna glissa dans la mare de sang laissé par son fils Melvin , embarquant dans sa chute le bocal du poisson rouge qui se renversa . Anna regarda le pauvre poisson sautillé dans la mare de sang en suffoquant , faisant échapper un petit rictus de satisfaction à Anna .
Elle se releva et n'entendit plus le bruit de la tondeuse . Elle se glissa discrètement derrière les rideaux de la fenêtre et aperçu Henry qui se dirigea vers la porte d'entrée . Dans un rapide coup d'œil à la pelouse , Anna devina tout de suite qu'il venait faire une pause . Elle se précipita derrière la porte et attendit que Henry la referme pour le parsemer de coup de couteau dans le dos . Henry n'eut pas le temps de comprendre ce qu'il lui arrivait et s'effondra au sol , restant inerte dans son sang qui suintait de son dos.
Anna ferma la porte à clé et retourna dans sa cuisine , la migraine était enfin passée . Elle s'assit sur une chaise autour de la table de cuisine .
«Enfin un peu de calme» Se dit-elle en posant le couteau sur la table.

Fin .

Prologue

Une voiture sombre aux vitres semi-teintée s'arrêta devant la maison des Brighton . En son intérieur se tenaient deux hommes , ils observèrent le père de famille passer la tondeuse devant la maison . L'un d'eux sortit deux paires de lunettes de soleil de la boîte à gant et en tendit une paire

à l'autre .
-Tiens mets les . Lui dit-il .
Les deux hommes observèrent la maison tout en souriant à fur et à mesure que les minutes défilaient , comme s'ils apprenaient une bonne nouvelle . Le conducteur retira ces lunettes après que celui qui tondait la pelouse rentre dans la maison et n'en ressorte plus . Il sortit un téléphone d'une poche de l'intérieur de sa veste et composa un numéro .
-Allô?...Oui c'est Austin... l'expérience a fonctionné , dites à Sa Majesté qu'on peut lancer la production...Oui , nous revenons au vaisseau mère.

Vous croyez vraiment que les petits hommes verts que l'on appelle ¨ Martien¨ existent vraiment ? Avec deux petites antennes sur la tête ou avec des grands yeux noirs et qu'ils se baladent dans notre ciel pour nous observer ? Et si, ILS étaient déjà parmi nous en train de concocter un plan pour nous conquérir ou nous exterminer de l'intérieur ? Tous les gouvernements sont peut-être déjà sous leurs contrôles . Méfiez-vous de votre voisin , qui vous dit qu'il n'en ait pas un ?

Une Ombre sur la ville .

Les feuilles tombaient encore des arbres quand je sortis du travail comme tous les matins vers six heures . La nuit était présente et fraîche . Le jour mettait plus de temps à montrer le bout de son nez comme tous les ans à cette époque . Les réverbères s'éteignaient plus tard de jour en jour ce qui m'arrangeait assez , je pouvais voir l'humidité grâce à leurs lumières dessinant des piliers de brume sur les trottoirs .Je n'habitais pas tout près de mon travail et m'étant fait supprimer mon permis de conduire quelques années en arrière pour conduite en état d'ivresse , je n'avais pas d'autre choix que de marcher à cette heure-ci . Les rues étaient quasi désertes , je croisais les employés municipaux qui se dépêchaient à nettoyer les rues , que ce soit à pied comme moi avec leur balai ou dans leurs grosses balayeuses qui faisaient un vacarme d'enfer .

De temps à autre, j'apercevais des trafiquantes d'amour usées par la nuit qu'elles avaient passée ou dans l'attente d'affamés ou autres détraqués qu'on croise que la nuit . De temps en temps, je me faisais plaisir ou louant les services de l'une d'entre elles mais pas ce soir .

Pendant mes longues marches , je regardais par moments mon ombre me dépasser et perdre de son intensité jusqu'à disparaître pendant qu'une autre faisait son apparition , plus sombre et plus dense que la précédente . Quand la fatigue n'était pas très pesante , je m'amusais à faire la course avec eux . Faut dire que mon travail n'était pas très excitant , surveiller une usine de textile n'avait rien de bien pénible en soi, mais ça décalait le rythme de vie et le métabolisme humain s'usait plus rapidement . Le salaire à la fin du mois en valait quand même le coup, car le travail de nuit était beaucoup mieux rémunéré que celui de jour . La plus grande préoccupation des agents de sécurité de nuit était de trouver une occupation à faire entre deux rondes pour ne pas s'endormir ou mourir d'ennui .

De temps à autre, je délogeais quelques SDF qui cherchaient un refuge pour la nuit, mais quand les températures extérieures chutaient je les laissais tranquilles en leur demandant de se faire discrets et de ne pas foutre le bordel et de temps à autre je descendais taper la discute avec un

thermos de café qu'on buvait ensemble histoire de tuer le temps .
Après comme dans tout , j'avais mes têtes et je savais à qui je pouvais faire confiance .
Cette nuit, je ne reçus aucune visite et le temps me parut long . Le tic tac de ma montre résonnait encore dans mes oreilles malgré le bruit des balayeuses dans la rue et disparut au moment où je rentrais chez moi .
J'enclenchais la clé dans la serrure et ouvris la porte de mon petit studio de célibataire et comme tous les matins Gripsou m'attendait derrière la porte en miaulant .
Il avait le don de me sentir arrivé et se précipitait à la porte avant même que je sois de l'autre côté et m'accueillait en faisant des ronds de jambe . Quelques caresses pour le calmer et j'allais me préparer mon petit déjeuner avant de me jeter sous la douche . Une fois mon rituel matinal terminé , j'allais me coucher pour entamer ma nuit pendant que les autres se levaient pour aller se tuer à leur tâche professionnelle après avoir combattu le froid . Malgré toutes ces années à vivre en décaler avec ce travail, mon corps ne s'habituait toujours pas et , comme chaque jour , en intégrant mon lit j'avais cette sensation d'ivresse . Mon estomac se retrouvait en vrac , mes yeux gonflés avec la sensation que le marchand de sable m'avait jeté tout son sac dans la tête et la bouche complètement desséchée , j'aurais pu boire tout un lac sans que rien n'y change grand-chose . Le mécanisme du clic-clac résonna dans la petite pièce et je me laissai tomber dedans telle une fiente d'oiseau s'écrasant sur le bitume .

Quinze heures trente étaient affichées sur le radio-réveil quand j'ouvris les yeux et tombais nez à truffe avec Gripsou qui me chatouillait le visage avec ces foutues moustaches . Il me levait quasiment à la même heure tous les jours sauf cas extrême comme pour remplir de la paperasse administrative ou là je mettais un réveil . Je m'extirpais de mon champ de bataille qui ressemblait il y a plusieurs heures en arrière à un lit douillet . La couette n'était plus dans sa housse et les oreillers avaient voyagé dans la pièce . Un gros coup de flemme s'empara de moi et je laissais ma couche dans cet état lamentable , on verrait ça après un café , voire deux .
Trois cafés plus tard le tintamarre de la sonnerie de mon téléphone me perça les tympans comme une aiguille qui rencontre un ballon de baudruche . Je décrochai rapidement pour arrêter ce supplice sans regarder qui m'appelait .

-Ouais ?! Demandais-je en étant soulagé que la douleur soit disparue .

-Etam ? C'est Max , dis-moi on a un souci aujourd'hui . Steven est malade tu pourrais commencer plus tôt c'soir ?

Je me frottais lentement le front comme pour réfléchir à un pseudo emploi du temps, que je n'avais pas .

-Ouais ouais c'est faisable . Tu veux que je vienne pour quelle heure ?

-Attends voir … tu commences à dix-neuf heures ... si tu peux venir pour dix-sept heures trente se serait bien comme ça je demande à Garner de faire une heure en plus et je prendrais la relève en t'attendant .

Je jetai un œil à l'horloge du micro-onde , il me restait une heure étant donné qu'il me fallait vingt minutes pour me rendre à l'usine de textile .

-Ok j'y serais . Lui répondis-je

-Merci Etam à tout à l'heure .

« Fais chier putain , moi qui comptais glander devant la télé aujourd'hui ! »

Je cherchai mes fringues de la veille et les reniflai .

« Ouais c'est bon ça sent pas la transpi ça peut le refaire ce soir . »

Tout en ingurgitant une canette de boisson énergisante, je remis mes sapes de sécurité et passai le temps en jouant avec Gripsou . À cette heure-ci, les rues étaient tout le contraire de celle que j'appréciais le matin en rentrant chez moi . Entre le bruit des voitures mélangées à quelques sirènes de pompier et de flic à celle de la population qui arpentait les trottoirs comme des zombis en vitesse accélérée , tout cela me donna le tournis et tout ce brouhaha me retournait le cerveau . J'arrivai à destination , Max était dehors en train de s'en griller une et me fit un signe de tête en m'apercevant.

-Pile à l'heure comme d'hab ! Me dit-il au moment où je me trouvais en face de lui .

-Et ouais les bons employés sont rares par ici . Rétorquais-je .

Max tira sa dernière bouffée et jeta son mégot au sol avant de recracher son oxygène pollué par toutes les toxines que pouvait contenir sa clope en l'air .

-Les dernières ouvrières se préparent à partir .

-Ok ! Lui lançais-je au visage .

Je n'aimais pas énormément ce type, mais comme il était mon supérieur je me devais de rester un minimum poli .

J'entrais dans l'usine et me dirigeai vers mon poste de surveillance qui se situait au premier étage accessible par un escalier en fer assez étroit pour ne laisser qu'une personne montée à la fois . De là , j'avais une vu imprenable sur toutes les machines de l'usine en plus de mes caméras de surveillance ou je vis les dernières employées plier bagage et sortir d'ici . J'activais les systèmes d'alarme sauf une , celle que je ne mettais pas

exprès pour que mes visiteurs du soir puissent entrer tranquillement .
J'allumais mon petit poste de radio au même moment où ils annonçaient les températures très inférieures à la moyenne pour cette nuit .
Je me calais dans mon siège en cuir usé par les nombreuses heures passées assis dedans , je pouvais presque sentir l'armature de soutiens du fauteuil sous mes fesses .
Au bout de deux heures de «travail» , je sortis de mon aquarium faire ma première ronde et surtout pour me dégourdir les jambes . J'activais les luminaires et j'inspectais seulement d'un œil en slalomant entre les machines inertes sans leurs ouvrières respectives .
Une fois ma tournée faite , j'allais voir si mes clodos habituels étaient là ce soir . J'aperçus un tas de couvertures au sol dessinant des formes humaines quand au même moment les lumières de l'usine s'éteignirent . Fort heureusement j'avais toujours une lampe torche sur moi .Je m'en emparais et actionnai le contacteur pour la faire fonctionner quand la lumière revint , m'aveuglant légèrement. Il me fallut quelques secondes pour réadapté ma vue à la clarté des néons et là , je vis quelque chose qui me glaça le sang . Les couvertures avaient été jetées et une ombre se tenait sur le sol près d'un des clodos . Ces mains ombragées tenaient la gorge de ce dernier et , pendant que ce pauvre homme suffoquait sous l'étreinte , un point rouge apparut là où devait se tenir un œil . L'ombre tourna la tête , enfin je suppose , pour laisser cette fois-ci deux points rouges qui semblaient me fixer .

-Putain de merde ! Lâchai-je par réflexe .

Je pris mes jambes à mon cou et détalai vers mon aquarium où j'espérais pouvoir être à l'abri . Je gravis les marches en fer rouillé deux par deux , ouvris la porte avec fracas et la referma aussi sec en prenant soin de la verrouiller . Poussant un léger soupir de sécurité , je mis mon nez sur les écrans de contrôle et scrutai le moniteur où se situaient les clodos .
Malheureusement, je vis le clochard dépourvu de ses couvertures devenir bleu et , en effectuant un zoom sur lui , je pus m'apercevoir qu'il ne respirait pas non plus . Dézoomant au maximum , je dirigeais le joystick pour parcourir le périmètre à la recherche de LA chose qui avait provoqué la mort de ce pauvre clochard . R.A.S .
Je me laissai choir dans le fauteuil et continuai le visionnage des autres écrans . Le reste de la nuit se passa sans encombre, mais je l'avais passé tout de même avec une boule au ventre . Pour la première fois, je ne fis pas d'autre ronde après ce que j'avais vu , j'étais resté cloîtré dans ma tour de contrôle amphibie .

Au petit matin je décidai d'appeler les secours pour le cadavre situé dans un coin de l'usine . Une ambulance et une patrouille de police arrivèrent peu de temps après et je les conduisis près du corps inerte . Les deux infirmiers déclarèrent le clodo décédé pendant que j'expliquais aux deux flics que je laissais cette porte ouverte pour certains sans abris . Me faisant ainsi passer pour quelqu'un qui avait le cœur sur la main .
L'ambulance repartit avec le corps et les flics repartirent patrouiller .
Peu de temps après , la relève arriva , un certain Dickinson , un nouveau que je connaissais pas et je n'avais pas l'intention de le connaître plus que ça .
Enfournant mes affaires dans mon sacs à dos , je pris la poudre d'escampette . Je ne cessai de repenser à ce qui c'était passé à l'usine sur la route du retour .
   -Bonjour mon mignon ! T'as besoin d'un peu de compagnie ?
Elle tombait bien celle-la , j'avais besoin de décompresser après cette nuit de merde . Je lui fit un signe de tête d'approbation et la suivais sans un mot jusqu'à une petite camionnette dont les fenêtres avaient été provisoirement condamnées par des bouts de tissus . Elle me fit monter le premier et pris place sur un des sièges à l'arrière du véhicule . Une odeur de tabac froid mélangé à celle du foutre planait dans cet endroit réduit . La propriétaire de l'engin ouvrit ma braguette pour faire sortir le mien , elle n'était pas de première main mais ce soir j'avais pas envie de faire le difficile . Le premier contacte de ces lèvres sur ma verge suffit déjà à me faire oublié ce qui c'était passé auparavant .
Une fois ma semence évacuée , je lui glissai quelques billets et repris la route vers mon domicile .
Gripsou , toujours fidèle au poste en temps normal , n'était pas derrière la porte quand je franchis le seuil de mon appartement .
   -Gripsou ?! Où es-tu mon chat ? Criai-je dans le petit studio .
Je me penchai pour regarder sous le clic-clac qui était resté ouvert et je fut accueillit par un grognement accompagné de crachat de mon chère félin domestique .
   -Oh ! Qu'est c'qui prend Gripsou ? Lui lançais-je avec étonnement .
Le félin me donna un coup de patte , ces griffes me lacérèrent la main , provoquant une douleur aigu en même temps qu'un bruit de chair se déchirant se fit entendre .
   -PUTAIN !!! mais t'es con connard de chat !! j'vais t'les faire couper sa va te calmer aussi sec !
Je sentais l'adrénaline monté et , au moment ou j'allais tendre le main

rapidement pour le saisir , mon ombre qui se situait juste en dessous de moi , fut plus rapide . Je vit l'ombre de mon bras s'étendre jusqu'à l'animal , l'attraper par la peau du cou et le tirer vers … nous . Je reculais brusquement la tête pour éviter les coups de pattes de Gripsou mais mon double n'en fit pas autant , comme si elle c'était détaché de moi .
Elle enveloppa mon chat de sa corpulence et commença à foncer . Des miaulements sourds en jaillir jusqu'à ce que le silence revint de nouveau. A ce moment là , elle revint vers moi en arrière et repris se place en singeant mes mouvements . Gripsou gisait inerte près du clic-clac . Terrifié , je couru maladroitement au toilette , manquant à plusieurs reprise de me casser un os . Je claquais la prote comme si elle seule pouvait me sauver de ce cauchemar que je vivais . Assis sur les chiottes , les yeux fermés , j'essayais de retrouver mon calme ainsi que mon souffle ,priant pour que mon ombre ne soit pas avec moi .

J'ouvris doucement les yeux en redoutant l'inimaginable . Là , elle était là , ces pieds reliés au miens et son corps cassé entre le passage du sol à la porte . Son visage me faisant face , je vis encore une fois ces deux points rouges au niveau de ce que je pensais être ces yeux . Elle tourna la tête afin d'être de profil et ouvrit la bouche .

-Pourquoi fffuis-tu Etam ? Murmura t-elle . Je ne sssuis que ton reflet et pas que .
Je serrais les dents jusqu'à entendre un grincement se faire sous la pression de ma mâchoire en entendant le son strident et sifflant de sa voix . J'avais l'impression d'entendre un serpent parler .

- Je sssuis comme toi , je sssuis toi ,je sssuis Etam . Je sssuis simplement le reflet de ce que tu n'oses pas être .

-Non !! laisses moi tranquille ! Tu n'es que le pur produit de mon imagination! Criais-je dans mon espace restreint en espérant surtout me convaincre .

-Sssi c'était le cas , tu crois que tu pourrais sssentir ça ?
L'ombre étira ces jambes sur les miennes jusqu'à mes genoux et je sentis au même temps qu'elle glissait un froid glaciale qui me brûlait , me paralysant les membres inférieures . Un cri de douleur s'échappa de ma gorge , rebondissait contre les murs des toilettes en frappant mes oreilles sur son passage . Je cru que tous les vaisseaux sanguins se trouvant dans mes yeux allaient exploser sur la pression que j'exerçais dessus d'effroi .
Au moment où la silhouette se retirait pour reprendre sa place initiale , la sensation de chaleur revint sur mes jambes , je pouvais de nouveau les sentir .

Mon ombre était de nouveau immobile , et répondait de à tous mes mouvements comme une marionnette .
Je restais encore quelques minutes dans les toilettes pour m'assurer que mes jambes seraient capable de me supporter jusque dans mon lit . Je me levais lentement en plaquant une main sur chaque parois de la petite pièce comme assurance au cas où .
Tout en sortant , j'étais à la recherche de mon ombre démoniaque . J'aperçus près du lit le corps sans vie de Gripsou ,bizarrement , je n'éprouvais aucune émotion . Je me saisis d'un sac poubelle et jeta le cadavre dedans . Je pris soin de bien fermer hermétiquement le sac et le balança à coté de la porte d'entré pour ne pas oublier de le déposer dans un conteneur à ordure de l'immeuble en partant travailler . Ce manque d'empathie me tracassais car Gripsou avait partagé dix années de ma vie , il était mon seul ami , mon seul confident quand ça n'allait pas , même si il ne me répondait pas , il restait là , devant moi , à écouter mes petits malheurs .
Je gardais toujours un œil sur mon double , redoutant à chaque fois une manifestation de sa part .

Ce soir là je partis plus tôt de la maison pour aller travailler et je fis une halte dans un café , j'avais besoin de réfléchir sans revoir la scène du meurtre de mon chat près du clic-clac . Je commandai un café crème au serveur et , je ne sais pourquoi , je regardai mon ombre quand le garçon de café m'apporta ma commande et je la vis détacher sa jambe pour faire un croche patte . Le serveur se rétama de tout son long sur le carrelage accompagné de mon café qui se rependit devant lui formant une marre obscure sur le sol blanc immaculé qui , dans son élan , s'arrêta pile devant ma chaussure . Je me mis à rire de la situation , surtout quand je remarquai que la tête de mon double tremblais , comme un fou rire étouffé . Pendant que le serveur nettoyait le sol , un autre m'apporta ma commande en se pliant de mille excuses pour terminer sa complainte par «le café vous est offert»
J'arrivais comme d'habitude avec un peu d'avance à l'usine et alla m'isoler dans ma tour de verre du premier étage . La nuit se passa sans...encombre et sans visite habituel .
Au matin je retournais voir ma trafiquante d'amour en espérant qu'elle soit là . Je l'aperçus au loin et accéléra le pas pour éviter qu'un autre client passe avant moi . Quand je fus à son niveau , je lui fit juste un signe de tête de me suivre et elle m’emboîta le pas jusqu'à sa camionnette .

Pendant qu'elle faisait sa besogne , je déplaça doucement un des rideaux accroché à la fenêtre près de moi tout en maintenant la tête de la prostitué pour pas qu'elle la relève .
Une lumière légèrement aveuglante d'un réverbère pénétra dans la boite de conserve en me traversant . En une fraction de seconde , mon ombre apparut sur la paroi en me fixant de ces deux points rouges . Je retirai ma main qui maintenait toujours la prostituée et laissai faire les choses . Arrivé au summum du plaisir , l'esprit maléfique bloqua la tête de la femme pour l'empêché de se retirer . Je pouvais sentir du le fond de sa gorge cogner le bout de ma verge . J'envoyais au même moment tout ce que mes bourses pouvaient contenir . L'ombre la lâcha peu de temps après quand elle manqua de s'étouffer et proliféra , je suppose , des insultes en Portugais . Je lui balançais ces biffetons au visage et jeta un rapide coup d'œil sur mon ombre qui semblait sourire . Je quittais le véhicule et , une force inconnue me fit m'arrêter sous une lumière éloignée de l'engin de la prostituée .Mon ombre s'étirait sous le faisceau lumineux de tout son long jusqu'au véhicule . Quand elle en sortit furieuse , une grande explosion surgit comme un feux d'artifice m'obligeant à me retourner pour me protéger la tête du souffle chaud qui se rua sur moi .J'avais l'impression de sentir le souffle chaud d'un dragon .

Je me redressais et constata avec stupeur la carcasse de la camionnette en feu . Il ne faisait pas très bon de rester ici et déguerpit avant l'arrivé des secours . Sur le trajet je ne cessai de repenser à tous ces incidents qui c'étaient produit récemment , jusqu'où cela irait ? Combien de temps cela durerait ? Mais surtout , ou cela avait commencé et pourquoi moi ? Tant de questions sans réponses trottaient sous mon crane provoquant une migraine insupportable . Je cru un instant que ma caboche allait exploser comme la camionnette auparavant . Tous les sons qui entraient par mes oreilles étaient amplifiés et rebondissaient sur les parois de mon crane réduisant petit à petit mon cerveau en marmelade . J'accéléra la cadence pour me jeter au plus vite dans l'armoire à pharmacie , prendre un Ibuprofène était ma seul priorité , laissant mes questions en plan .

Pour une fois je ne pris pas de petit déjeuné et préféra me jeter sous la douche pour vite aller me coucher . Demain était un jour chaumé , ou jour de repos si vous préférez , je n'avais donc pas besoin de mettre mon réveil . Je me jetais sous ma couette , la tête sous l'oreiller , en ayant la sensation qu'il manquait quelque chose , Gripsou . Comment une si petite bête pouvait prendre autant de place dans la vie d'un homme ? Je n'eus pas le temps de répondre à ma question , le cachet faisait son effet et je

m'endormis aussitôt la douleur atténuée .
L'horloge affichait quinze heures quand j'ouvris les yeux , j'avais dormis moins que d'habitude mais les batteries étaient rechargées à bloc . Je posais les pieds sur le carrelage froid tout en guettant l'arrivé de mon ombre qui n'apparut pas . Je décidais donc de me lever pour provoquer son apparition en passant d'un angle de lumière à une autre mais elle n'était toujours pas là . Je n'avais plus d'ombre , je l'avais perdu comme par magie , j'eus une sensation bizarre , comme si j'avais perdu une partie de moi . La sonnette de la porte d'entré retentit , me tirant de mon tracas . Qui pouvait bien être là ? A cette heure le facteur était déjà passé et je n'attendais pas de visite . Si jamais c'était encore les témoins de Jéhova ou autre mormon ils auront la même réponse ; Celle de se mettre en relation avec la population grec .
La sonnette sonna une deuxième fois.

-Ouais ! Deux secondes j'mets quelque chose !

J'attrapais le premier short qui me tombait sous la main et alla ouvrir la porte . La lumière du couloir était éteinte et seul la lumière qui s'échappait par ma porte illuminait un peu de ce petit espace projetant ainsi mon ombre sur le mur en face . Elle était là , en face de moi et me fixait de ces deux points rouge . Je m'aperçus rapidement que pour une fois nous n'étions pas relié , pas même un fil d'Ariane . Elle se mit en mouvement sans que je bouge le moindre orteils . Je pouvais lire sur son visage l'effort qu'elle faisait pour bouger quand , un de ces bras passa de la deuxième dimension à la troisième tel un pantin s'extirpant d'un livre de conte . Après une bonne minutes qui parut aussi longue qu'une demi-heure , ELLE se dressa là , devant moi tenant sur ces propres jambes , ces deux points rouges a hauteur de mes yeux m'éblouissaient mais pas suffisamment pour devoir fermer les miennes . Elle leva le bras en l'air et le laissa retomber sur moi . Normalement une ombre n'est pas censé pouvoir faire mal sauf elle .Une douleur accompagnée d'une sensation de chaleur apparurent sur ma joue m'obligeant , sous l'effet de surprise , à mettre un genou à terre . Je n'eus pas le temps de comprendre ce qui se passait que je reçu un violent coup dans les cotes me projetant contre le clic-clac . Au contact de ce dernier j'entendis un bruit d'os brisé au niveau de mes cotes , me coupant le souffle . Pendant que je cherchais désespérément à remplir d'oxygène mes poumons , la chose entra en prenant soin de verrouiller la porte derrière elle .
L'ombre devenu une masse noir en trois dimension s'agenouilla devant moi.

Ma vue était flou à cause de l'impacte avec le lit , m'obligeant à force sur mes yeux pour réussir a distinguer quelques formes .
Elle passa sa main sur ma bouche et les porta à l'endroit ou elle même devant en avoir une.

-Il est temps pour moi de prendre mon envole papa ! Me dit-elle .

-Mais avant , j'ai besoin de quelque chose que toi seul peu me donner .

J'avais les neurones en vrac mais je remarquais quand même quelque chose de différent , sa voix avait changé . Le sifflement de serpent avais disparut et le ton de sa voix était plus sûr , plus confiant . Je reçu un coup poing qui me déboîta la mâchoire , du sang jaillit de ma bouche pour aller s'étaler sur le sol me laissant un goût de fer dans la bouche .
S'ensuivit par la suite une pluie de coup plus fort les uns des autres me transformant en marmelade .
Malgré mes entraînements de combat rapproché je ne pouvais rien faire , sa force semblait augmenter à chaque coup . Un vive lumière m'aveuglait , le temps que je règle ma vision mais surtout que j'arrive à ouvrir mes yeux bouffis , un autre coup vint m'exploser le restant de côte valide . Je regardais le plafond sentant mon sang perler sur mon corps et sur mon visage .
Elle posa sa main sur le sang qui était sur le sol à coté de moi et le fit disparaître , comme aspiré . Malgré la douleur aiguë dans les cervicales , je tournais la tête et regardais mon agresseur d'un œil à moitié ouvert . Un frisson me parcouru l'échine suivit d'une forte douleur qui le suivit dans son sillage . Je n'avais plus une ombre en face de moi mais... MOI . Je voyais mon propre visage avec encore des zones d'ombre mais cette chose était en train de me cloner . Elle vint s'accroupir au dessus de moi .

-Pourquoi ? Demandais-je avec une voix tremblante. Mes lèvres elles aussi étaient gonflées par l'assaut des coups reçus .

-C'est pourtant simple à comprendre Etam ! Je suis ton ombre depuis ta naissance , j'ai grandis avec toi , je te suis de partout , j'ai tout observé de ta misérable vie sans jamais pouvoir agir .

Elle porta ces doigts immaculés de sang à sa bouche d'où une langue fourchu en sortit pour les lécher avant de reprendre .

- Tu as fais de ta vie de merde la mienne , pourquoi ? Qu'ai-je donc fait pour mériter ça ?

Je reçu un nouveau coup au visage me faisant crachant une ou deux dents en même temps .

- Mais tout ceci est terminé Etam . Me murmura t-elle à l'oreille . Je prend maintenant les rennes de ma propre vie et rattraper le temps perdu

en ta compagnie .
Sa langue me lécha l'oreille qu'il fit parcourir le long de ma joue .
-Alors ? A ton avis ? Qu'elle va être la suite des événements ? Dans le monde des ombres , d'où je viens , il est dit que soit notre hôte meurt soit il devient lui même notre ombre . Mais … je n'ai pas eu le temps de me pencher sur la question de comment te faire devenir moi .
Elle se releva , me toisant de sa hauteur toujours au dessus de moi , nu comme un nouveau né .
-Bah ! On verra bien ce que tu devient . Après tout je m'en … Il se tâta l'entre-jambe avant de poursuivre . Tape les couilles par terre !
Il , Elle … Moi … ricana en s'éloignant vers mon armoire ou se situait mes fringues .
J'avais envie de pleurer et d'hurler mais l'état de mon visage m'en empêchait . J'étais là , sur le carrelage froid , agonisant pendant que cette chose enfilait mes fringues , comme si elles étaient les siennes et que je n'était pas présent . Je sentis l'odeur de café pendant que mes membres inférieures ne répondaient plus à mon cerveau . Au bout d'un certain temps , Mon double revint vers moi .
-Alors frangin ? Comment te sent tu ?
Frangin ? Il se foutait en plus de moi , je sentis une larme passer à travers mon œil fermé et couler le long de ma joue , en slalomant entre mon sang coagulé .

Mon double vint s'accroupir à mes coté et me regarda agoniser . Je sentis quelque chose s'appuyer sur mon torse et me piquer la peau à travers mes vêtements . Je rassemblais le peu de force qu'il me restait et , mes yeux s'ouvrir de peur malgré les coquards qu'ils avaient , en voyant la lame d'un couteau posé sur moi au niveau du cœur .
-Je suis navré , après autant d'années passé ensemble de voir notre collaboration se terminer ainsi , mais je n'ai pas le temps d'attendre de voir ce que tu vas devenir mon chère Etam .
J'entendis le craquement de ma peau accompagné d'une douleur aiguë , pendant que la lame me transperçait le poumon , j'eus un sursaut . J'avais l'impression que toute l'air qu'il contenait s'échappait de chaque coté de la lame pendant que celle ci continuait son chemin en direction du cœur .
Je n'entendais plus rien à part un sifflement qui passait d'une oreille à l'autre , ma vision devint flou et un cercle noir partait de l'extérieur et masqua ma vue à fur et à mesure jusqu'à ne plus rien voir . Sourd et aveugle mon corps convulsionnait et je sentis mon dernier souffle quitter

mes narines.
Le nouvelle Etam se releva et alla vers la porte de l'appartement et , avant de partir , tourna la tête . La pupille de ces yeux changea de couleur pour virer à un rouge écarlate et lumineux accompagné d'un large sourire sadique .

Mon double revint vers moi et resta planté devant mes pieds . Mon corps s'engourdissait comme si des milliers de fourmis avaient improvisé un pic-nique géant à l'intérieure . Plus aucun de mes membres ne répondaient à mes ordres et j'avais , comme une sensation étrange de m'enfoncer dans le sol . En faite , ce n'était pas une sensation mais la réalité , je voyais l'appartement devenir gris . Mes pieds me brûlèrent , j'avais l'impression que quelqu'un utilisait un fer à souder dessus . Après ça , je ne ressentis plus aucune douleur de nul part comme si on m'avais fait une anesthésie . Ne ressentant plus rien , même le froid du carrelage , ne pouvant plus bouger non plus je restais là , a contempler mon clone .
Au moment où il se déplaça pour se diriger vers la porte d'entrée , je me sentis tiré , happé , traîné dans tout l'appartement allant même jusqu'à escalader les murs . Nous étions liés , je ne faisais plus qu'un avec lui .
Le nouvelle Etam ouvrit la porte et s'arrêta . Il tourna la tête dans ma direction , les pupilles de ces yeux changea de couleur pour virer à un rouge écarlate et lumineux accompagné d'un large sourire sadique .

Fin ...

Réveil toi et vol !

- Vous pensez qu'on est encore loin de la zone professeur ? Demanda la jeune femme au visage d'ange et à la longue chevelure bouclée . Elle arborait fièrement son décolleté dans une chemise ouverte de la même couleur kaki que son treillis , qui lui allait , lui aussi à ravir .

- Je ne sais pas Miss Pénélope . Le professeur s'arrêta pour nettoyer ces petites lunettes rondes et baragouina dans un dialecte tribal quelque chose à l'indigène qui les précédait . De petite taille et vêtu d'un bout de tissu cachant son sexe qui tenait simplement par un bout de ficelle , lui rentrant dans les fesses . Les cheveux longs et gras collés au visage à cause de l'humidité de la forêt , il se retourna vers le scientifique et lui répondit dans le même dialecte incompréhensible . Sa façon de s'exprimer était un mélange de langage d'un enfant en bas-âge apprenant à parler et le cri d'un suricate en alerte . Le professeur repositionna ces lunettes sur son nez et attrapa la gourde accrochée à sa ceinture et bue une légère gorgé d'eau . La jeune femme en fit de même , profitant de cette courte pause pour se rhabiller un peu .

-Selon Papouhata nous y sommes presque , d'ici dix , quinze minutes .

-Vous êtes sûr qu'il a bien compris ce que vous recherchiez ce Papou... machin ? Demanda Pénélope .

-Mais oui ne vous inquiétez pas Miss Pénélope , j'ai appris leur dialecte avec le chef de la tribu il y a des années de ça . Lui répondit le vieux professeur .

Le guide reprit le chemin marquant la fin de la pause , obligeant son employeur et son assistante à le suivre dans les broussailles de la forêt .

Une demi-heure plus tard , le petit groupe arriva dans une petite clairière où s'écoulait un petit ruisseau recouvert de végétation. Le soleil peinait à traverser le feuillage touffu des arbres qui s'élevaient très haut au-dessus d'eux . Le guilde arracha une grosse feuille et s'assit sur un petit rocher et essuya la lame de sa machette pour retirer la sève qui c'était échapper de la végétation qu'il avait taillée à tour de bras pour frayer un chemin jusqu'ici . Le professeur et son assistante en firent autant , il n'avait plus la forme de ces vingt ans et Pénélope était une femme urbaine et peu familiarisée avec la nature sauvage .

-J'espère que votre mormon vaux le coup professeur !
-LE Grand Mormon miss Pénélope , et oui , vous verrez une fois que nous l'aurons trouvés . Lui répondit le vieux professeur en retirant son chapeau blanc du type colonial pour s'essuyer le front à l'aide d'un mouchoir en tissu .
Un petit sifflement retentit , attirant l'attention de Pénélope .
-Professeur ! Professeur ! Papouhata vous appel ! Chuchota-t-elle au vieil homme .
Il tourna la tête et parcourut brièvement du regard la petite clairière et aperçu le guilde à moitié accroupi lui faire signe d'approcher doucement . Le vieillard fouilla dans son sac et extirpa une épuisette repliée sur elle-même en plusieurs parties qu'il dépliât calmement et s'approchât du pygmée tout en faisant attention où il mettait les pieds . Lentement et calmement le professeur arriva près de l'endroit que lui montrait le guilde et écarquilla les yeux en voyant ce qu'il était venu chercher . Délicatement il approcha le filet aux mailles très fines de sa cible et l'abattit d'un coup sec au sol . Pénélope n'avait pas bougé de son rocher et observa le professeur jouer au chasseur mais avait entre-temps sortit un bocal de son sac et attendit le signal .
Le coup de filet au sol était le signal attendu par l'assistante et se précipita vers lui et le guilde en prenant garde de ne pas trébucher sur une grosse racine ou un caillou qui serait caché par la végétation .
Une fois à leur niveau , elle vit le vieil homme se pencher et pincer une partie du filet .
-Magnifique ! Splendide ! Ouvrez le bocal Miss Pénélope !
L'assistante s'exécuta et ouvrit le bocal en verre transparent et le tendit au professeur qui déposa sa main au niveau de l'ouverture et l'ouvrit doucement afin que sa proie puisse tomber dedans . Pénélope referma rapidement la prison de verre et le donna à son patron .
Il souleva le bocal au niveau de ces yeux , un large sourire égayait son visage , traduisant son bonheur .
-Regarder Miss Pénélope ! Ces couleurs resplendissantes ! S'exclama-t-il .
Pénélope observa la proie du chasseur avec étonnement .
- Le grand Mormon , papillon tropical que l'on ne trouve qu'ici .Il ne me manquait plus que lui , hein mon petit ?
Le papillon arrêta de se débattre et se posa au fond du bocal en gardant les ailes dépliées . La couleur noire de ces ailes arborait deux taches rouge vif faisant penser à des yeux maléfiques ou à un masque démoniaque . Le professeur rangea le bocal dans son sac à dos et s'essuya de nouveau le front avec son mouchoir et regarda le guilde qui remplissait sa gourde dans le ruisseau . Il parla au vieil homme dans son dialecte tout en raccrochant la gourde à sa ceinture .

-Nous devons reprendre la route Miss Pénélope . Papouhata vient de me dire que la pluie va arrivé , nous devons rentrer au plus vite à son village .
Dans un souffle de désespoir et de fatigue , Miss Pénélope endossa péniblement son sac à dos sous le regard du guilde qui la dévisageait . Avant de partir du village , il avait protesté sur la présence de l'assistante en prétextant qu'elle allait les retarder et que ce n'était pas la place d'une femme dans une telle expédition . Dans sa tribu comme dans toutes les autres tribus indigènes , la place des femmes étaient au village à faire la popote et à s'occuper des enfants . Le professeur avait réussi à l'imposer mais l'indigène campait sur ces positions et pendant le trajet il n'avait pas prêté d'assistance à la jeune femme .
Sur le retour , le guilde accéléra le pas afin de ne pas être rattrapé par les gros nuages noir et gris qui les suivaient quand un cri se fit entendre à l'arrière du peloton provoquant l'envol de quelques oiseaux tropical .
Le guilde et le professeur se retournèrent , Miss Pénélope manquait à l'appel .
-MISS PENELOPE !! MISS PENELOPE !! s'écria le vieux professeur .
Il se retourna vers le guilde qui ne bougeait pas et commença à légèrement paniquer .
-Mais reste pas là à rien faire bougre de pygmée !
A l'intonation de la voix du professeur , le guilde n'eut pas besoin de traduction pour comprendre ce qu'il lui demandait et commença les recherches avec le vieil homme qui avançait prudemment . La voix de la jeune assistante résonna dans la nature , interrompant un instant le cours de la vie animal .
-PROFESSEUR !!!
-MISS PENELOPE !!! CONTINUEZ DE PARLER ! Répondit-il en tendant l'oreille .
-PAR ICI PROFESSEUR , EN BAS !
Il avait à peu près repéré d'où venait la voix et s'y dirigea en prenant soin de regarder où il mettait les pieds . Il s'arrêta quelques mètres de là où il était et aperçu son assistante au fond d'un trou relativement profond pour qu'elle ne soit pas en capacité de sortir seule de là . Elle était assise , son sac toujours sur son dos mais à moitié vidé , le reste étant éparpillé autour d'elle . Miss Pénélope se tenait la cheville gauche et essayait de la maintenir droite à l'aide de ses mains .
-Tout va bien Miss Pénélope ? Demanda le professeur .
-Je crois que je me suis foulée la cheville professeur . Lui répondit-elle en faisant une grimace qui traduisait sa douleur .
Le professeur appela le guide dans sa langue tout en lui faisant signe . Papouhata arriva près de lui et évalua la situation pendant que le vieil homme lui expliqua . Le guide dégaina sa machette et tailla des lianes qui pendaient des arbres et les

attacha solidement entre elle de façon à en faire qu'une . Il tailla ensuite deux bouts de bois qu'il glissa dans son pagne ainsi qu'un petit bout de liane . Le guilde attacha une extrémité de sa grande cordée fait maison à l'arbre le plus proche et enroula l'autre extrémité autour de lui et s'approcha du trou où attendait Miss Pénélope . Il s'allongea au bord , laissant pendre ces jambes dans le vide et commença sa descente , avec l'aide du professeur qui tenait , avec le peu de force qu'il avait , la liane pour qu'il ne chute as brutalement au fond . Papouhata progressa prudemment le long de la paroi et arriva près de l'assistante . Il examina sa cheville tout en retirant les deux bouts de bois qu'il avait taillés auparavant et les mit de chaque côté de la cheville et enroula le petit bout de liane autour pour pas que sa bouge . Sans un mot , il tira sur le sac à dos de la jeune femme lui faisant comprendre de le retirer , ce qu'elle fit en le regardant en chien de faillance .

Il le mit sur son dos et dit quelque chose au professeur dans son dialecte tout en détachant la liane enroulée autour de lui et l'enroula autour de la taille de la jeune femme .

Le professeur laissa tomber la corde , se tenant prêt à agir .

Le guide attrapa la liane à pleine main et escalada la paroi terreuse du fossé . Quand il arriva en haut , le professeur l'aida du mieux qu'il pût à se redresser et agrippa la liane avec le pygmée puis ils tirèrent de toute leur force pour hisser la jeune assistante . Avec l'humidité qui régnait en ce lieu , leurs pieds s'enfoncèrent dans le sol sous la pression qu'ils exercèrent en tirant sur la liane . Miss Pénélope aida les deux hommes de son mieux en s'aidant de ses mains mais malgré tout elle s'écorcha les bras à plusieurs reprises contre la paroi . Au bout d'un moment , la tête de la jeune femme fit son apparition hors du fossé et elle envoya le plus loin possible ces bras et s'agrippa désespérément à une petite racine , priant pour que celle ci tienne bon .

Le vieil homme et le guide lâchèrent la liane et se précipitèrent vers la jeune femme pour l'aider à remonter avant , qu'à bout de force , ne retombe pas au fond du fossé . Une fois extirpée et éloignée de ce qui aurait pu être sa tombe , la jeune femme s'assit sur un petit monticule de terre et tenta de reprendre ces esprits en essayant de faire abstraction de la douleur .

-Comment allez-vous Miss Pénélope ? Demanda le professeur inquiet sur l'état de santé de son assistante .

-Bien mieux maintenant , merci professeur . Répondit-elle en essayant de desserrer un peu l'entrave de sa cheville qui commençait à lui taillader la chair .

Le professeur remarqua son geste et s'adressa à Papouhata qui lui répondit sur le même ton . Il s'approcha un peu et arracha quelques feuilles qu'il fit glisser entre la peau et les bouts de bâton qui formaient un atèle de fortune .

-Papouhata à fait au plus vite pour vous immobiliser la cheville et n'a donc pas pris le temps de protéger votre peau délicate .

-Ne vous inquiétez pas professeur , je ne pense pas que sa fera de cicatrice . Nous devrions nous remettre en route et , remercier notre cher guide de ma part pour son aide .

-Oui vous avez raison Miss Pénélope – rétorqua le professeur – Vous tiendrez le coup avec votre cheville ? Lui demanda-t-il .

Mais elle sentait au timbre de sa voix qu'il était inquiet . La pluie qui menaçait de les rattraper , son assistante handicapée mais surtout , son objet précieux dans son sac .

-Oui , ne traînons pas ! Donnez moi votre bras et partons je ne tiens pas à être trempée jusqu'aux os en plus de tout ça .

Le vieil homme s'exécuta rapidement et reprit la route avec Miss Pénélope derrière leur guide qui portait cette fois ci le sac à dos de l'assistante .

Après avoir fait un "contre-la-montre " face à l'orage qui les accompagnait , le trio arriva enfin au village du guide et se mirent à l'abri peu de temps avant que des trompes d'eau ne se déverse sur la forêt .

Les cabanes du village étaient toutes construite sen hauteur à cause des pluies torrentielles qui s'abattaient dans la région évitant ainsi les catastrophes . L'une d'entre elles était prévue que pour mettre le bétail à l'abri .

Le professeur et son assistante durent patienter deux jours avant de pouvoir reprendre la route vers la civilisation , permettant ainsi à Miss Pénélope de reposer sa cheville , lui permettant de pouvoir marcher ,certes en boitant , mais cela était toujours mieux que de se déplacer à cloche pied .

Ils remontèrent le fleuve Amazone jusqu'à une clairière où les attendait un hélicoptère , contacté peu de temps avant par CB afin qu'il soit déjà présent à leurs arrivés . Le professeur et son assistante montèrent dans l'hélicoptère qui s'envola vers Brasilia où ils devaient prendre l'avion pour New York .

Après plusieurs jours d'expédition , chacun regagna ces appartements respectifs et profita , surtout Miss Pénélope , du confort urbain .

Le professeur s'occupa lui , de son dernier trophée qu'il prit soin de mettre seul dans un cadre en verre qu'il accrocha sur un des murs de son bureau afin de pouvoir l'admirer le plus souvent possible jusqu'au prochain qui prendrait sa place .Le lendemain , Miss Pénélope vint rendre visite au professeur qui fut agréablement surpris de voir son assistante dans un pantalon à pince et d'un chemisier blanc qui laissait entrevoir son décolleté qu'elle mettait souvent en avant .

-Quelle bonne surprise Miss Pénélope ! Mais entrez donc , ne restez pas là . Lui dit-il en l'invitant à entrer dans son humble demeure .

-Merci professeur .
Ce n'était pas la première fois que la jeune femme venait chez lui , la plupart du temps elle venait chercher des dossiers que le professeur avait oubliés pour le bon déroulement de ses cours . Le vieil homme enseignait les sciences à l'université des arts de la science et , comme tout professeur de son âge , il avait l'esprit ailleurs et partout à la fois lui faisant oublier parfois des choses simples comme par exemple ces dossiers de cours ou les corrections de ses élèves .
-Comment allez-vous ? Et votre cheville ? Lui demanda-t-il tout excité par la présence de la jeune femme , car malgré son âge déjà bien avancé , le professeur avait un petit faible pour sa jeune assistante .
-Bien professeur depuis qu'on est rentré . Ma cheville ? Je suis allée à l'hôpital voir un médecin et rien de grave juste une petite entorse .
Elle souleva légèrement son pantalon qui dissimulait une petite atèle discrète et plus confortable que celle de Papouhata .
-Mais heureusement que votre guide avait fait le nécessaire sur place sinon ça aurait pu être plus sérieux .
-Oui fort heureusement ils sont habitués à ce genre de situation l'Amazonie est tellement hostile . Ils doivent faire face à toutes sortes de situations . Lui précisa t-il.
L'assistante prit place dans le bureau du professeur et regarda le Grand Mormon emprisonné dans son cercueil de verre en repensant à toutes leurs péripéties ainsi que la météo capricieuse de ce pays .
-Vous reprenez bien les cours demain professeur ? Lui demanda la jeune assistante .
-Oui je vais terminer mes dernières notes ce soir sur notre dernier voyage pour enrichir mes dossiers et , par la même occasion observer de plus près le Grand Mormon . Dit-il en rassemblant des feuilles dans un dossier poser sur son bureau .
-Si vous avez besoin de quelque chose n'hésitez pas professeur Arthuro - Elle regarda l'horloge accrochée au mur – Vous m'excuserez professeur mais je dois prendre congé , j'ai encore quelques bricoles à terminer pour demain .
Le vieil homme regarda la jeune femme avec beaucoup de tendresse et était en admiration devant tant de dévouement dans travail .
-Oui oui faite Miss Pénélope .
Il rangea ces dossiers dans un tiroir qu'il ferma à clé et raccompagna la jeune femme et la remercia d'être passé puis retourna dans son bureau se saisir du cadre de verre où était sa dernière acquisition et alla le déposer sur une table en verre . Une de ces petites inventions qu'il avait crée justement pour observer des proies emprisonnées . Une petite caméra placée sous la table était reliée à un moniteur qu'il alluma , le temps qu'il se prépare , l'écran aurait fini de chauffer et le

professeur pourrait commencer à observer le précieux papillon .
Le vieux professeur était tellement pris dans son observation du Grand Mormon qu'il ne vit pas la journée passèe et quand il décida enfin à lever le nez pour regarder son horloge il était déjà dix-huit-heures passées .

Le professeur Arthuro éteignit tout son attirail et replaça le cadre au mur avant de sortir de la pièce qu'il prit soin de fermer à double tour . Entre prudence et paranoïa , le vieil homme ne faisait confiance qu'a peu de personne et se méfiait du reste du monde .
Il alla dans la cuisine se préparer un morceau de beefsteak accompagné de quelques légumes cuits à l'eau qu'il déposa dans une assiette blanche au motif de fleurs rouge , se servit un verre de vin et déposa le tout sur une table en bois et prit place devant . Tout en prenant une gorgée de son nectar couleur pétrole , il ouvrit le journal et commença à lire les informations tout en dégustant son repas. Cela faisait deux ans maintenant qu'il avait pris ce petit rituel du soir depuis la disparition de sa femme qui fut emportée par la tuberculose . Le monde de la médecine avait fait pas mal de progrès mais pas suffisamment pour la sauver à temps . La dernière bouché avalée , il mit sa vaisselle dans l'évier puis alla dans la salle d'eau pour se débarbouiller avant ce coucher . La lumière commença à vaciller et un crépitement accompagna ce mini stroboscope . Le professeur pensa à une perte d'énergie dans le secteur et ne fut pas surpris , ce n'était pas la première fois que cela arrivait dans le quartier .
Le professeur se glissa sous ces drap , déposa ces lunettes sur le petit guéridon qui avait juste la place pour une petite lampe de chevet et éteignit la lumière . Le vieil homme s'endormit avec les dernières images du papillon qu'il avait observées sous tous ces angles .
Le bruit du réveil brisa le silence qui régnait dans la chambre et alla secouer les tympans du professeur Arthuro . Le vieil homme se leva de son lit tout en remettant ces lunettes sur son nez . Comme chaque matin il se sustenta que d'un café et revêtit son costume de professeur d'université . Son pantalon beige était sublimement repassé , chaque pli était présent là où ils devaient être . La chemise blanche rentrée dans le slip était emprisonnée par de fines bretelles de cuir , empêchant le pantalon de tomber et termina en s'aspergeant d'un peu d'eau de toilette .
Avant le départ pour l'université , il endossa son veston à carreaux , vissa un chapeau de la même couleur que son pantalon sur la tête et partit travailler avec un grand enthousiasme sur ce qu'il allait partager avec ces élèves .
Préférant la marche à pied à toute autre transport , le professeur pouvait admirer les différents décors que pouvaient lui offrir les rues qu'il empruntait en remarquant

instantanément quand quelque chose changeait , de la sorte , il ne voyait en aucun cas le temps passer jusqu'à l'université .
Trente-cinq minutes plus tard , le professeur arriva devant la grande bâtisse datant de la guerre de sécession , se mêlant sans problème aux élèves qui vagabondaient devant dans l'attente de la bonne heure pour pénétrer dans le bâtiment afin d'enrichir leurs connaissances .
Le professeur Arthuro salua quelques étudiants avant d'atteindre sa salle de classe et commença à préparer quelques affaires quand il s'aperçut qu'il avait maladroitement oublié sa sacoche chez lui .
Prenant soin de fermer la porte de la classe à clé , le professeur se dirigea vers la salle des professeurs , espérant y trouver Miss Pénélope .
La salle des profs , comme disaient les jeunes étudiants , était assez vétuste et ne disposait que d'une grande table en bois , usé par ces années de présence dans la salle . Elle avait dû voir défilé de nombreux professeurs vus son état . Dans un coin de la pièce se trouvait une petite armoire , plus récente que la table , où étaient mis à disposition une vieille cafetière et un paquet de filtres .
Deux de ces confrères étaient attablés en bout de table , le nez plongé dans leurs notes et autres devoirs et ne le virent pas entrer dans la salle .
-Bonjour professeur Arthuro , comment allez-vous ? J'ai ouï dire que vous avez trouvé ce que vous cherchiez en Amazonie ? Lui demanda un homme d'une quarantaine d'année , de corpulence moyenne habillée d'un pantalon à pince et d'une simple chemise blanche où étaient rangés deux stylos dans la petite poche , tenant une tasse à café dans une main .
-Bonjour Mr Wilson , oui c'est exact ... Vous n'auriez pas vu Miss Pénélope ? J'ai besoin d'elle en urgence .
-Je l'ai aperçu se dirigeant vers la bibliothèque professeur mais ...
Il n'eut pas le temps de finir sa phrase que le professeur avait déjà quitté la pièce , le laissant planter là au milieu de la salle , sans que les autres n'eurent le temps de s'apercevoir de la présence du professeur Arthuro .
Les étudiants commencèrent à pénétrer dans l'enceinte de l'établissement , compliquant les déplacements du professeur , l'obligeant dans sa précipitation à slalomer entre les jeunes et évitant plusieurs collisions .
Quand il arriva devant la porte de la bibliothèque il tomba nez à nez avec Miss Pénélope qui en sortait .
-Ah Miss Pénélope ! C'est vous que je cherchais ! Lui dit-il tout en étant confus d'avoir atterri la tête dans son décolleté vu leur différence de taille .
-Que puis-je faire pour vous aider professeur ?
-J'ai oublié ma serviette à mon domicile et les cours vont débuter ...
-N'en dites pas plus , j'y vais de ce pas ne vous inquiéter pas professeur . Lui

répondit-elle sans le laisser finir sa phrase .
Sans dire un mot de plus , elle tourna les talons en direction de la sortie et disparue dans la marée d'étudiants qui flânaient dans les couloirs dans l'attente de la sonnerie du début des cours .
L'assistante du professeur sortit un trousseau de clés de son sac à main et chercha celle qui allait lui ouvrir la porte . En ouvrant la porte , une odeur acre s'échappa de l'appartement et vint s'engouffrer dans le tarin de l'assistante qui fit une grimace de dégoût . Elle alluma la lumière en pénétrant dans l'appartement et se lança à la recherche de la serviette que le professeur avait oubliée et par la même occasion de cette odeur suspecte .
Elle trouva ce qu'elle était venue chercher et huma l'air de l'appartement , jouant à " chaud ou froid " avec son odorat en parcourant les pièces . En s'approchant de la table de la salle à manger , l'odeur devint plus intense .
Intriguée , Miss Pénélope se pencha pour regarder sous la table en bois et ne vit que des pantoufles , des charentaises à carreaux appartenant au professeur .
Quand elle se releva , un souffle s'abattit dans la pièce . La jeune assistante regarda autour d'elle et constata que les fenêtres ainsi que les volets étaient tous fermés , un second souffle , plus violent fit virevolter les petits cheveux qui étaient trop courts pour être attaché dans le chignon de l'assistante . Miss Pénélope leva la tête et fut pétrifiée de terreur en apercevant au plafond un papillon de la taille d'un homme , aux ailes noires arborant une tache rouge située à l'intérieur , représentant deux yeux rouges qui se mirent à briller dans la faible lueur des lampes du salon .
Au moment où l'assistante ouvrit la bouche pour se mettre à crier , la trompe du papillon se déplia avec une telle rapidité pour la saisir à la gorge , que Miss Pénélope n'eut pas le temps d'émettre un seul son .
L'insecte l'attira vers elle lentement jusqu'à ce que la jeune assistante puisse voir son reflet dans les multiples facette de ces yeux .
Une cloche retentit dans les couloirs de l'université annonçant la fin des cours pour certains et la pause déjeunée pour d'autres . Le professeur quitta l'amphithéâtre et sortit de l'établissement avec hâte .
*Où a-t-elle put passer ? J'espère qu'il ne lui est rien arrivée de grave , ce n'est pas dans ces habitudes de ne pas donner de nouvelles *
Perdu dans ces pensées et son inquiétude , le professeur manqua à plusieurs reprises de se faire renverser en traversant les rues menant à son appartement .
Les marches de l'escalier furent englouties par deux par le vieil homme le faisant arriver plus vite mais plus essouffler devant la porte de son logement . Il fut intrigué en voyant cette épaisse planche de bois servant de porte entre ouverte .
Le professeur pénétra avec prudence en intensifiant ces sens à leurs maximums

en proportion de son âge à la recherche du moindre bruit ou chose suspecte .
Une fois l'entrée franchis , le professeur avança à pas de loup et continua son inspection dans le salon sans rien trouvé d'étrange à part les luminaires qui éclairaient de toutes leurs splendeurs .
Après avoir inspecté toutes les pièces , le vieil homme alla fermer la porte d'entrée et se débarrassa de quelques effets personnels dans le vide-poche posé sur un meuble à chaussures . Une main ouverte avec les doigts joints en cristal où était déjà entreposé quelque bric-à-brac en son creux ; de la monnaie , une clé orpheline ainsi que des boutons de toutes sortes .
Le professeur repensa à Miss Pénélope et de sa mystérieuse disparition et décida d'essayer d'appeler chez elle des fois fois qu'elle s'y trouverait . En pénétrant dans son bureau il ne put s'empêcher de jeter un œil à son dernier trophée qui était toujours à sa place dans son cadre de verre . Le professeur composa le numéro de son assistante en faisait tourner le cadran du téléphone qui mettait plus de temps à revenir après chaque chiffre . Le vieil homme s'assit avant la fin du dernier numéro , son cœur battait la chamade et il sentait comme des papillons dans le ventre sans savoir si c'était dû à l'entente de la première tonalité ou le faite de penser à la jeune femme qui le faisait craquer avec ces décolletés .
Malheureusement pour le professeur personne ne décrocha le combiné de l'autre côté de la ligne .
Le vieil homme retrouva sa pochette et se remit en route pour l'université en prenant soin de bien refermer la porte derrière lui .Dans l'après midi , en plein cours de sciences , le professeur ressentit une douleur aiguë dans le ventre qui se déplaçait de gauche à droite , l'empêchant de continuer l'apprentissage de ces jeunes étudiants . Raccompagné par un autre professeur de l'université , le vieil homme rentra chez lui . Après s'être mis à son aise , il alla dans sa pharmacie chercher un médicament qui pourrait soulager ce mal qui s'amusait à faire des vas et viens dans son organisme . Avec hésitation , il composa de nouveau le numéro de Miss Pénélope mais s'arrêta . Plié en deux avec la main sur le ventre , le cadran du téléphone termina son retour de roue dans un bruit de mécanique . Le professeur Arthuro s'effondra sur la moquette de son bureau ,lâchant le combiné dans sa chute qui tomba près de sa tête , laissant s'évader une sonnerie continue . La douleur ne se contentait plus que du ventre du vieil homme , elle remontait maintenant jusque dans la cage thoracique , comprimant par la même occasion les poumons . Le professeur peinait pour absorber de l'oxygène par la bouche entre deux spasmes quand il sentit son œsophage s'obstruer par quelque chose qui remontait , la même sensation quand l'estomac renvoyait vers la sortie ce qu'il avait ingurgité peu de temps avant .
Afin de ne pas s'étouffer , le professeur se mit sur le coté , une technique

récemment découverte par le corps médical pour éviter ainsi tout risque de problème en plus lors d'accidents . La douleur s'accentua de nouveau mais au niveau de l'estomac , provoquant un haut de cœur au professeur qui ouvrit la bouche instinctivement pour laisser sortir ce qui remontait et allait finir sa route sur la moquette .
Mais à la grande stupeur du professeur , ce qui sortit de sa bouche ne fût pas un liquide visqueux ou épais qui aurait pu contenir une partie de son dernier repas mais , un petit papillon qui , une fois sur le sol molletonné déploya ces ailes noir . Son corps se torda dans tous les sens sous la douleur qui était plus intance que la première fois et obligea le vieil homme à se mettre sur le dos . Suffoquant malgré sa bouche grande ouverte , ces yeux s'injectèrent de sang sous la pression qu'exerçait la douleur quand d'autres petit papillons s'échappèrent . Aucun de ces insectes n'étaient identiques et de couleurs différentes, envahissaient le bureau du professeur . A fur et à mesure qu'ils s'extirpaient de son corps , le professeur sentait la douleur s'atténuer mais en même temps ses forces l'abandonnaient . Allongé sur le sol de son bureau , un arc-en-ciel sortant de sa bouche , le corps du vieil homme se dessécha comme un fruit abandonné pendant plusieurs semaines pour ne ressembler à la fin qu'à une vieille momie arborant les vêtements du professeur . Sous la pression et la force de tous ces insectes , les vitres de la fenêtre du bureau éclatèrent en mille morceaux laissant ainsi les milliers de papillons s'évader vers le grand air .

Fin .

Il n'est pas toujours bon d'emprisonner ce qui appartient à la nature pour satisfaire son égoïsme car tôt ou tard elle reprend ce qui lui appartient .

REMERCIEMENTS :

Un grand merci à ma pauvre femme qui a du me supporter et mes enfants ainsi qu'à GardenLosting, un ami qui m'a été d'une grande aide pour ces conseils et à tout ceux qui m'ont donné leurs soutiens et avis sur certains texte.

Les personnages présent dans les histoires ne sont que purement fictif,toute ressemblance avec autrui ne serait que pur coïncidence.

9624514R00031

Printed in Germany
by Amazon Distribution
GmbH, Leipzig